91590

LE PLAISIR,

REVE.

POEME.

par Ch. Henri D'Estienny

A OTIOPOLIS;

Chez DANIEL SONGE-CREUX,
à l'Apocalypse.

M. DCC. LV.

EPISTRE DEDICATOIRE

A U

DESŒUVREMENT.

PRINCIPE des inutilités, fource des mauvaifes chofes, Desœuvrement, c'eft toi qui m'as diñté cet Ouvrage, je te le dédie: fi tous les hommes qui font dans ton empire le lifent, il n'aura que trop de Lecteurs : prends-le fous tes aufpices, je te l'abandonne. Tu me menaçois quand je le fis ; tranfporté dans des lieux ou mes plaifirs étoient moins vifs, fatigué quelquefois de m'inftruire, craignant fouvent de ne plus trouver d'amufemens, je pris la plume ; & je fus raffuré. Puiffent mes délaffemens devenir ceux des autres ! Mes defirs ne vont pas plus loin. Toi feul, fçauras qui je fuis, ne trahis point mon fecret, n'infpire à perfonne le projet de le découvrir ; fais que mes foins réüffiffent, & que mon nom foit ignoré ;

les loüanges que j'ose donner en paroî-
tront plus vraies, on ne pourra soup-
çonner l'interêt de les avoir écrites.
Fait pour être au-deſſus de la flatte-
rie, je n'en ſerois peut-être pas accu-
ſé ; mais le ridicule eſt à craindre pour
moi, j'en aurois un, ſi je ceſſois d'être
inconnu:ton nom ſeul rend coupables
ceux qui ſont nés pour être un jour
utiles; il eſt un tems qu'ils doivent
tout entier à l'envie d'aprendre. Fais
naître dans quelqu'un de tes Diſci-
ples,le deſir de marquer mes défauts :
leur nombre m'a effrayé, il m'a empê-
ché de prendre moi-même ce ſoin ; je
lui en ſçaurai gré : on me reprend au
Try;j'y joue mal,& n'en ſuis pas honteux. Eloigne cependant, je t'en con-
jure, ceux de tes Sujets qui mettent
le crime à côté du badinage, qui veu-
lent qu'on ait penſé ce qu'on n'a point
dit:accorde enfin à mes vœux de n'ê-
tre plus obligé de te combattre par de
mauvais vers : c'eſt là le prix que
j'attends de l'offrande que je te fais
aujourd'hui.

LE PLAISIR,
REVE.

SONGE PREMIER.

SOMMAIRE.

L'Autheur se rappelle les différens plaisirs qu'il a eus dans le cours de sa journée : arrivé dans une Maison de campagne, il s'endort en attendant celle qui doit y venir après lui. Son Songe est le sujet de l'Ouvrage. La terre s'ouvre : il descend au centre de la terre. Description de ce lieu. Il voit deux côteaux, l'un escarpé, l'autre d'une pente douce, ayant un Temple au sommet : il choisit le premier. L'Antre qu'habite la Nature est au haut : il entrevoit ce qu'il contient, mais tente en vain d'y pénétrer. Oracle qui sort de cet Antre.

JE CHANTE un sentiment que l'Univers adore,
Que l'on cherche toûjours, que souvent on ignore,
Qui pour nous rendre heureux soumet nôtre raison ;
Et sans qui le bonheur n'est jamais qu'un vain nom.
O TOI qui me conduis ! toi que j'ai cru connoître,

Feu Divin ! Etre aimable ! ô Plaisir ! ô mon maître !
Si pour te peindre mieux nous devons te sentir,
A mes foibles accens daigne t'assujettir ;
Ou plûtôt qu'incertain dans ta course légére,
Tu puisses m'égarer en m'aprenant à plaire :
Que sans dessein, sans art, & libre comme toi,
Ma voix te fasse naître en révélant ta Loy.
Viens, si l'illusion par toi seul a des charmes,
Si la vérité même a besoin de ses armes,
Ose ici les unir ; que d'accord aujourd'hui,
La sagesse étonnée accepte ton appui.
    Le Soleil en tombant, couvert dans sa carriere,
En nous cachant ses feux, nous laissoit leur lu-
    miere ;
Et déja l'horison en séparant nos jours,
D'une douce fraîcheur envoyoit les secours :
Sous l'aîle des Zéphirs mille fleurs renaissantes
Ne panchoient déja plus leurs tiges languissantes ;
La Verdure embellie, & le chant des Oiseaux
Sembloient de la Nature annoncer le repos.
Contemplant ces beautés qui sont toûjours nou-
    velles,
J'admirois des momens les chaînes éternelles ;
Comment si variés & l'un à l'autre unis,
Ils versent en fuyant mille biens infinis ;
Rappellant les bienfaits de leur marche insensible,
Ils renaissoient encor dans mon ame paisible :
Du jour qui s'éloignoit retraçant les douceurs,
J'attendois que la nuit prodiguât ses faveurs.
    Le matin m'avoit vû dans ses heures utiles
Solitaire au milieu de la Reine des Villes,
Sans affaire & sans soins, seulement occupé,
Et du beau qui plaisoit uniquement frapé.
De six parens amis la douce indépendance
Partageant d'un repas la frugale abondance,
De Sexes différens, ayant même interêt,
J'avois laissé mon cœur se montrer tel qu'il est

uis bien-tôt féparés , & par là plus aimables ;
'avois cru les conseils des tyrans adorables ,
ui du monde où j'entrois éternels Souverains ,
embellissoient alors pour regler nos destins :
es graces par degrés s'y répandoient sur elles ;
on goût presque indécis les trouvoit toutes
belles.

ibre par des bontés qui firent mon bonheur ,
vec l'une j'étois sans crainte & sans ardeur ;
'hez l'autre plus touché j'osois être timide :
cy je triomphois , on m'appelloit perfide :
uoique en tremblant , plus loin je joüois l'im
prudent ;
t j'étois tour à tour imbécile ou charmant.
antôt vif , férieux , quelquefois raisonnable ,
édifant par besoin , naïf ou redoutable ;
e ce Sexe enchanteur la prompte illusion
ur mon esprit féduit faisoit impression :
ar un pouvoir secret , fa flâme voltigeante
ouvroit de ma raison la marche trop constante ;
el du profond Newton le Prisme lumineux
'un rayon inconnu détailloit tous les feux ;
t fans changer l'objet que frapoit fa lumiere ,
embloit l'environner de fa couleur premiere.
Ce tourbillon bruyant que l'on cherche &
qu'on fuit ,
ans le palais des fens m'avoit enfin conduit ;
ar la loi des accords , la puissante harmonie ,
iver se , mais reglée , une quoique infinie ,
parlant à mon cœur , prête à tromper mes yeux ,
es heureux Musulmans m'ouvroit déjà les Cieux ,
e montroit dans Paris cette heureufe chime e ,
u'on attend vainement dans un autre Hémi-
fphére :
ent dociles Beautés , par leurs fons & leurs pas ,
y difputoient l'honneur de m'offrir leurs appas ;
t pour un vain metail qui n'est rien par lui-même ,

Donnoient ce qu'à la Mecque on croit le bien fu-
     prême ,
Vendoient l'enchantement qui nourrit les defirs ,
Qui nous trompe & nous plaît ; & charme nos
     loifirs.
Ce tableau que toûjours affoiblit l'habitude ,
Ranimoit feulement ma douce inquiétude :
J'éprouvois la douceur de craindre & d'efpérer ;
On le vit ; & d'un figne on fçut me raffurer.
Je fentis par ce figne organe du myftére ,
Que le bonheur d'aimer n'eft rien fans l'art de
     plaire ,
Et que le fentiment ne peut être acheté ,
Que par les foins , la crainte & par l'égalité.
    Peuples, qui vous vantez du trifte nom de
     maître ,
Vous croyez être heureux , & vous ne pouvez
     l'être ;
La Beauté gémiffante efclave de vos Loix ,
Se venge en vous fervant , & fans goût & fans
     choix.
Mahomet vous trompa , vos farouches tendreffes
Ne doivent qu'au pouvoir les feux de vos maî-
     treffes :
Je dûs tout à mon cœur ; un figne parmi nous
Egale vos plaifirs , il les furpaffe tous.
On pût me refufer , j'avois la préférence :
L'amour renaît fouvent par la reconnoiffance :
Le mien fe crut alors dans ce premier moment ,
Où celle que j'aimois me nomma fon amant.
Fier d'un nouveau triomphe , & de la voir fidelle,
Mes tranfports retenus redoubloient auprès d'elle ,
Ce que l'ufage veut , doit être pratiqué ,
Il parla , mais en vain : l'inftant étoit marqué.
En vain en nous quittant la févére décence
Sçût tromper tous les yeux par nôtre indifférence ;
A nous-même rendus par des chemins divers ,

               Avant

Avant peu nous devions oublier l'Univers.

SUIVANT pour un moment cette foule inutile
Qui de nos jeux finis va profaner l'azile,
J'avois vû confondûs Citoyens, Courtifans,
Les Filles de Paphos, l'Efprit & les Talens.
Puis dans un char pompeux conftruit par la molleffe,
Traîné par deux Courfiers d'une égale vîteffe,
Semblable au Nautonnier qui vogue fur les Eaux;
Au fein du mouvement j'avois eû du repos :
Et porté loin du trouble, en un féjour champêtre,
Lieux qu'inventa l'amour, où lui feul eft le maître,
Où l'on fuit la grandeur, où la fimplicité
Afsûre le fecret, & promet la gayté.
C'étoit là qu'attendant, ma flâme fatisfaite,
M'ennyvrant de ce calme enfant de la retraite,
Sufpendant les defirs, ceriaine du bonheur,
Enchaînoit ma raifon des mains de la langueur.
La frivole penfée, & la fauffe apparence
Mefloient au fouvenir la flatteufe efpérance,
Se gliffoient dans mon cœur, regnoient fur tous
          mes fens.
Couché fur un gazon, mille tendres accens
Secondoient le pouvoir de ce charme invincible ;
Par trop de fentiment ceffant d'être fenfible,
Morphée au tendre amour alloit donner la Loy ;
Mes efprits enchantés s'embloient fuir loin de moi,
Et déja commençant à ne me plus connoître,
Dans les bras du Sommeil je croyois ne plus être.
  LE repos eut à peine appefanti mes yeux,
Que tout frémit fous moi, tout trembla dans ces
          lieux.
La terre en s'ébranlant & devenant fluide,
Echâpant à mes mains ne m'offrit que du vuide ;
S'éloignant comme l'onde avec rapidité,
De fon fein fous mes pieds je vis l'immenfité.
Découvrant les fecrets de fa fource féconde,
Mon œil épouvanté crut voir l'axe du monde.

B

Ce Decret tout puissant , par qui la pesanteur
Sent croître sa vîtesse avec sa profondeur ,
Et par qui tout solide appuyé vers son centre ;
Quelqu'éloigné qu'il soit , dès qu'il le peut , y
  rentre ;
Ce pouvoir peu connu qui régit l'Univers ,
M'entraînoit malgré moi dans ces goufres ouverts.

  LE fer qui cède au choc de la poudre enflâmée ,
Le regard , & l'Eclair , même la renommée ,
Sont moins prompts que l'effort qui, se multipliant ,
S'anime par sa chûte , & s'accroît en tombant ;
Chaque instant lui fournit une force nouvelle :
Toute autre doit finir , la sienne est éternelle.
Mais ce feu dévorant de la rapidité
Consumant les ressorts , détruit l'humanité ;
Et dès les premiers pas d'une course infinie ,
Sans un secours divin j'aurois été sans vie.
Couvert , environné de la douce vapeur
Qu'élève du Soleil l'attirante chaleur ,
De ces riens condensés la masse bienfaisante
Suportoit en pliant ma chûte trop constante ;
M'empêchant de subir la loy du mouvement ,
Me cachoit son effet en le précipitant.
Tous ces corps endurcis l'ornement des rivages ,
Qui loin des vastes mers (*) étonnent tous les
  Sages ,
Le sable & les rochers , l'argile & les métaux ,
Mille torrens e feux , & l'abîme des Eaux ,
Ces vuides mugissans , ces cavernes profondes ,
Où les vents sont formés , où se perdent les ondes ,
Séparés , entr'ouverts , refermés à l'instant ,
Paroissoient m'engloutir toûjours en m'évitant.
Je vis ces Minéraux dont l'épaisseur liquide

_____

(*) Les Bancs de Coquillages renfermés dans le sein de
la terre étonnent tous les Phisiciens par la distance où ils
sont maintenant de la mer.

S'embrâſant dès long tems , ſemble abhorrer
    l'humide ;
Qui par lui rencontrés , l'évitant avec bruit ,
Elévent avec eux la flâme qui les ſuit ;
Qui font trembler la terre , & perçant les mon‑
    tagnes ,
Produiſent les volcans , & brûlent nos campagnes ;
Ces reſtes du Cahos , ces mêlanges divers ,
Où la crédulité mit jadis les Enfers ,
Diſparoiſſoient ſous moi , me frayoient un paſſage ;
Traverſant ſans danger leur bizarre aſſembblage ;
Cédant à cet effort qu'on ne peut concevoir ,
Je n'avois plus le tems de penſer ni de voir ;
Et déja vers ce point où tout corps ſemble tendre ;
Porté dans un moment , je ceſſai de deſcendre.
La nuë alors fuyant en mille atômes vains ,
Le ſolide s'offrit à mes pieds incertains.
Tel on voit un courſier qu'a nourri l'Angleterre ;
Suſpendu dans les airs pour retrouver la terre ,
Du flot qui le portoit , il paroît étonné ;
Il contemple ces bords auxquels il n'eſt point né ;
Sur un ſable étranger incertain , immobile ,
Il n'oſe le preſſer , il ceſſe d'être agile ;
Puis bien-tôt raſſûré , franchiſſant nos guerêts ;
Il devance avec nous les Hôtes des Forêts :
C'eſt ainſi qu'un inſtant ſuffiſant à ma crainte ,
De ce monde nouveau je parcourois l'enceinte ;
De tant d'objets frapés mes avides regards
Y trouvoient tous les biens dans l'Univers épars :
Raſſemblés ſans deſordre , embellis l'un par l'autre ,
Ils décoroient ſans art , & leur ſource , & la nôtre.
    ENFANTE'S dans ce ſein par qui tout eſt
    produit ,
Le beau rendu parfait , il n'étoit point détruit ,
Sans changement , ſans fin , quoique jamais le
    même ,
Le temps n'altéroir plus ſon eſſence ſuprême ;

Fixe & naiffant encore en fa maturité ,
Il étoit fans défauts , quoiqu'en fa nouveauté.

CHAQUE chofe de foi recevant fa lumiere ;
Découvroit à mes yeux fa beauté toute entiére ;
Et l'ombre néceffaire à nos débiles fens ;
Ni le jour importun des rayons éclatans ,
Ces excès féducteurs qui nous trompent fans
   ceffe ,
Par qui le vrai caché , femble croître , ou s'abaiffe ;
Dans ces lieux , où régnoit l'augufte vérité ,
Ne couvroient plus les traits de la réalité.

LA CLARTE' répandue & par-tout péné-
   trante ,
D'un aftre éblouiffant n'étoit point jailliffante ;
Unie avec chaque Etre , habitante dans lui ,
Diverfe , & toujours vive , égale fans ennui ,
Revêtant les couleurs qui lui doivent la vie ,
Des voiles de la nuit n'étoit jamais fuivie :
Ses degrés adoucis , plus foibles ou plus grands ,
Me montroient chaque tout dans fes jours dif-
   férens.
Sur la voûte d'un Ciel d'une eau courante & pure ;
De ces feux répétés la brillante impofture
Retraçoit à ma vûë un fpectacle enchanteur ,
Et fembloit de ce Ciel abaiffer la hauteur.
Sous mes pas empreffés l'herbe tendre & fleurie
Confervoit fa fraîcheur , & n'étoit point flétrie ,
Les fleurs qu'on voit briller au milieu des Jardins ;
Qui pour croître ont befoin du fecours de nos
   mains ;
Celles dont les Bergers couronnoient leurs hou-
   lettes ;
Quand aux bords du Lignon ils chantoient leurs
   défaites ;
Les Végétaux produits aux tropiques brûlants ,
Formés du foible fuc de ces fables ardents ,
Ou qui fur l'Appenin lorfqu'un pin les protége ,

Fendent par leurs boutons une éternelle neige,
Mesloient tous au gazon leurs différens Emaux.
Des arbustes pliants, de tendres arbrisseaux,
Qu'aucun climat n'unit, qu'aucun art ne ras-
      semble,
Par leurs rameaux surpris de se trouver ensemble,
Partageoient cette plaine, & traçoient deu
      chemins
Qui sembloient aboutir à deux côteaux voisins :
Ils formoient ce vallon qu'on préféroit aux Cieux,
Tempé dont les sentiers voyoient souvent les Dieux
Tels on feignoit jadis qu'aux champs de Thessalie
Le sourcilleux Ossa regardant Olympie.
    J'OBSERVOIS des deux monts la distance
      inégale :
L'un fermé des détours inventés par Dédale,
Plus éloigné, plus haut, me montroit des torrents
Qui bondissoient sans source, & rentroient dans
      ses flancs :
Du chêne & du palmier l'imposante verdure
Embellissoit le bas de leur sombre parure ;
Et le Cedre orgueilleux au-dessus du Laurier,
De Pampre & de Raisin s'y couvroit tout entier,
L'arbre de l'Indostan, (*) dont la seve féconde
Pour nourrir les humains eût suffi dans le monde,
Qui remplace la vigne & tient lieu des moissons,
Dont le pauvre vêtu se construit des maisons,
Cet arbre si vanté, de sa tige docile
Couronnoit le sommet de ce côteau fertile.
    L'AUTRE Mont plus modeste avoit quelques
      berceaux,
Que dans leur cours tranquile arrosoient des
      ruisseaux ;
Son terrain n'enfantoit nulle plante inconnue,
Sa pente trop unie étonnoit peu la vûë ;

_____

(*) Le Locothier.

C

A l'œil qui le fixoit, il sembloit approcher ;
Dès qu'on voyoit sa cime, on croyoit y toucher :
Dans son égalité sa colline riante
Me sembloit trop facile, & n'étoit que charmante ;
Vers le premier bien-tôt j'osai porter mes pas ;
L'homme cherche toujours ce qu'il ne connoît pas :
L'objet qui nous étonne, est certain de nous plaire ;
Et le bonheur sans peine est celui qu'on differe.
L'ardeur qui naît d'abord de la difficulté,
Soutint long-tems ma course & ma vivacité.
Retenu dans le sein du pompeux Labyrinthe,
Je m'y fis une route, & j'avançai sans crainte.
Souvent ayant atteint plus d'un tertre élevé,
Du fruit de mes travaux je me voyois privé,
Il n'offroit point d'issue, il en falloit descendre :
Souvent hazardant trop, voulant trop entre-
          prendre,
Les rochers sans appui reculoient avec moi,
Le faîte s'éloignoit, & j'étois plein d'effroi :
Tels on peint ces mortels que la vérité lasse,
Ils regient dans les Cieux & le cours & l'espace ;
Leur esprit comprend tout, voit le souverain bien,
Et s'écroule en montant, ou nage dans le rien.
     A TRAVERS les dangers au milieu des
          obstacles,
Je parvins à ces lieux le séjour des miracles ;
Lieux inconnus jadis, que le sage croit voir,
Qu'habitent pour jamais la regle & le pouvoir.
     SUR un monceau vivant d'atômes organiques ;
Dont la chaleur émeut les faces harmoniques ;
Sur l'amas infini de ces moules parfaits,
D'un Esprit créateur les éternels effets,
S'élevent les soutiens d'une caverne immense :
Dans les replis tournants de leur circonférence
On voit monter, descendre, & couler à grands
          flots
Tous les sucs de tout Etre, ineffables dépôts !

Les ans peuvent unir l'immobile matiére,
Et font les Minéraux, le métail, ou la pierre;
Ils déposent les sels chaines de l'unité,
Et portent la croissance & la diversité :
D'autres plus variés & plus puissans encore,
Sçavent animer tout, font naître, & font éclore;
Aux fibres dilatés prêtent le mouvement,
Le redoublent en nous, & font le sentiment;
Ils forment les humains, l'animal & les plantes,
Merveilles d'un instant, mais toujours renaissantes.

    ENTRE les deux pilliers, la sombre pro-
        fondeur
De l'Antre où j'avançois m'annonçoit la grandeur;
Nul mortel n'a jamais conçû son étendue,
Notre ame à son aspect s'arrête confondue :
Mes esprits abusés, du sein de la clarté
S'y perdoient dans l'abîme & dans l'obscurité.
Je marchois cependant, & me flattois d'atteindre
Au but où toute erreur cesse enfin d'être à craindre,
A ces lieux ignorés où les faux préjugés,
Dans un facile oubli sont pour toujours plongés,
Ou, dès qu'on voit la cause, on connoit son
      principe,
Où la vérité parle, où l'ombre se dissipe;
J'espérois sans raison d'y pouvoir pénétrer :
Sortis de ce séjour, nous n'y pouvons rentrer.

    LA Pierre (*) dont Neron bâtit à la Fortune,
Un Temple profané d'une offrande importune,
Le Marbre transparant qu'auprès du Pont Euxin
L'aride Capadoce enferme dans son sein,
Entassé l'un sur l'autre, invisible barriere,

_____

(*) Le Phengire, Pierre transparente : Neron en fit bâtir
un Temple à la Fortune. Il étoit renfermé dans son fameux
Palais. Ce Temple n'avoit point de fenêtres, & le jour y
pénétroit, quoique la porte en fût fermée. Neron craignoit
la justice des autres Dieux, il n'avoit de confiance qu'en sa
Fortune, & la prioit souvent.

M'empêcha d'arriver au bout de la carriere ;
Et fans me la cacher , irritant mon efpoir ,
Me montroit des fecrets qu'on ne peut qu'entrevoir.

A U-DELA de ce mur obftacle inévitable ,
J'apperçus dans le vague un fleuve inépuifable ,
Ses bords n'enfermoient point nos foibles Elémens ,
Confumés par la flâme , ou que troublent les vents ;
Il rouloit dans fon lit la matiere éthérée ,
Qui du fonds de fa fource au haut de l'Empirée
Se mefle dans les airs , rend fluides les eaux ,
Et remplit l'Univers de feux toujours nouveaux :
Répandant par degrés fa chaleur productrice ,
C'eft de tout germe heureux l'unique créatrice ;
Il fe nourrit par elle ; & fe développant ,
A l'Etre dont il fort il devient reffemblant.
Ce Principe premier qui créa l'Exiftence ,
Aux atômes , aux fucs , prête de fa puiffance ;
Les divife , les joint , raffemble leurs accords ;
Les fait fe reproduire , & forme leurs refforts.
Je voyois penetrer fon Effence fuprême ,
Et ces canaux vivants la porter dans moi-même :
Je croyois qu'en leurs cours ils m'alloient annoncer
Pourquoi les hommes feuls ont le droit de penfer ,
Où refide ce fens que nous appellons ame ,
Si feparé de nous , il eft efprit , ou flâme ;
Si d'un accord parfait ou principe ou le fruit ,
Sans fin ou paffager , il vit ou fe détruit.

VAIN & trompeur efpoir d'une ardeur in-
fenfée !
Qui méconnoît le corps , ne voit point la penfée !
J'admirois fans comprendre ; & ma trifte raifon ,
Ne marchoit qu'aux flambeaux de la comparaifon :
Je voyois en tremblant , je craignois de la fuivre ;
Tout en moi m'effrayoit , je m'étonnois de vivre ;
Tout me fembloit prodige : Environné d'erreurs ,
Le vrai qui les perçoit nourriffoit mes terreurs.

EN VAIN je confultois l'art trompeur des idées

Ces Siſtêmes hardis , ces Phraſes hazardées ;
Où l'objet eſt reglé (*) ſans définir les mots ,
Fantôme qui ſéduit l'impie & les dévots ,
Je l'invoquois en vain , reſpectable chimere ,
Elle trompe ſouvent , mais ne peut ſatisfaire ;
Notre orgueil la conduit , frivole opinion ,
Elle aime à s'égarer, & devient paſſion ;
Trompé par ſes éclairs , rempli de ſa fumée ;
Je voulus pénetrer vers la maſſe enflammée ,
Du mur qui m'arrêtoit traverſer l'épaiſſeur ,
Du feu d'où ſort la vie être le raviſſeur ;
Je voyois ſes effets , il falloit le connoître.
Déja de mes deſirs je n'étois plus le maître ,
Conſumé de regrets , pouſſé du déſeſpoir
Qui nous donne l'audace , & ne ſçait rien prévoir ;
J'élevois une main que guidoit l'imprudence ;
Elle avoit pour ſoutien l'imbécile arrogance :
Au choc impétueux de ſes coups redoublés ,
Le mur ne s'offrit plus à mes regards troublés.
La vaine illuſion fille de la foibleſſe ,
Qui nous ſert , nous punit , & punit notre
    yvreſſe ,
Déploya devant moi tous ſes voiles épais ,
Et de ſa main confuſe effaça les objets.
Le merveilleux du vrai me cacha tout veſtige :
Envelopé déja des ailes du preſtige ,
C'en étoit fait ; j'allois m'égarer avec lui ,
Je le prenois pour guide , & le faux pour appui.
    DE cet Antre profond où j'avois cru deſ-
    cendre ,
Une voix bienfaiſante alors ſe fit entendre ;
Ses ſons majeſtueux que m'apportoient les vents ;

(*) La Langue de la Métaphyſique eſt ſouvent inintelli-
gible à celui qui l'écoute , & même à celui qui la parle :
Ce qui fait ordinairement qu'on ne s'entend pas , c'eſt que
la valeur des termes n'eſt pas aſſez définie.

Sembloient se répeter & devenir plus grands ?
Ils n'étoient point suivis des éclats du tonnerre ;
De cès bruits menaçans qui font trembler la terre ;
L'effroi n'habite point avec la vérité :
Chaque chose à mes yeux reprenoit sa clarté ;
De mes desirs calmés la flâme plus paisible
Cessoit de se nourrir d'un projet impossible ;
J'écoutois sans remords, je croyois sans terreur ;
Et je retins ces mots, ils étoient dans mon cœur.

,, Imprudent ! où vas-tu ? respecte la Nature,
,, Tu cours la définir ; tu vas lui faire injure.
,, Cet Antre est son séjour, elle veut s'y cacher ;
,, Tes yeux ne sont point faits pour oser l'y chercher :
,, Ses Secrets ténébreux craindroient-ils de paroître,
,, Si pour les discuter sa main t'avoit fait naître ?
,, Elle n'est point injuste, exige peu de toi ;
,, Si ses bienfaits sont grands, fais-en un juste emploi ;
,, Ta raison en est un, chaque espece a la sienne,
,, Que loin de t'égarer, sa force te retienne ;
,, Par elle tu joues, tu connois tes talens ;
,, Mais veux-tu définir, tes vœux sont impuissants.
,, Rentre dans ton néant ; conçois-tu la matiere
,, Ce nom si répeté de l'Essence premiere ?
,, Tout semble t'obéir pour servir à ton bien ;
,, Cesse-tu de douter, tu ne trouves plus rien.
,, Des climats où tu vis respecte les usages ;
,, Sois heureux, tu le peux ; c'est le grand art des Sages.

Aux avis paternels de ces faciles loix,
Mon esprit reconnut les bornes de ses droits ;
Renonçant sans murmure au soin de les étendre ;
Il apprit pour s'instruire, & non pour tout comprendre.
Mon trouble s'appaisa ; la timide gayté
Reparut sur les pas de la docilité.

Tels les flots écumants qu'ont émus les orages,
Apres avoir en vain menacé les rivages,
Au fouffle des Zéphirs s'élevent en fillons,
Et d'un foleil nouveau reçoivent les rayons :
Tel alors des defirs la troupe féduifante
M'entraîna fans effort dans fa marche inconftante,
Ranima mon efpoir, & conduifit mes pas
Vers ce Temple d'un Dieu que l'on ne con-
noît pas.

LE PLAISIR, REVE.

SONGE SECOND.

SOMMAIRE.

Les Defirs conduifent l'Autheur vers le Temple du Plaifir qui eſt ſur l'autre côteau. Une Nymphe, dont le viſage eſt couvert d'un voile, en ſort, & lui ſert déformais de guide. Elle lui donne des conſeils. Peinture qu'il fait du Plaiſir, méconnue par la Nymphe qui daigne l'inſtruire. Elle le mene, avant de le faire entrer dans le Temple, dans un Berceau qui domine le Vallon; c'eſt là qu'elle lui conte l'Hiſtoire du Plaiſir & de ſon Rival. Le Plaiſir rit des Syſtêmes imaginés ſur la théorie de l'Univers; il n'en adopte aucun. La Nature qui eſt ſa mere le fait naître pour tirer les hommes du profond aſſoupiſſement où ils étoient plongés avant lui. Il a un frere. Premiere preuve de ce qu'il en doit craindre un jour. Le Plaiſir ſe plaint à la Nature qui lui donne des avis inutiles. Peinture du temps où le Plaiſir regnoit ſeul ſur les hommes: Façon dont ils ont découvert le feu.

PEINE des deux Monts j'eus franchi la diſtance,
Que des buiſſons de fleurs la foible réſiſtance

Par uṭ

Parut, en m'arrêtant, vouloir de toutes parts
Pour retarder mes pas, attirer mes regards
Mes Guides empreffés, de leurs aîles légéres,
Sans jamais deffécher ces beautés paffagéres,
Les plioient devant moi, m'y frayoient un
 chemin ;
Et fembloient les cueillir fans trancher leur deftin.
Lorfqu'aux champs de Pomone une abeille pru-
 dente,
Cherche, & trouve par-tout l'objet de fon attente,
Sans percer l'étamine où fe tient la liqueur,
Elle n'épuife rien, & va de fleur en fleur :
De même les defirs ne peuvent ceffer d'être ;
Quand nous les modérons, nous les faifons re-
 naître.
Les miens en fe prêtant au joug de la raifon,
Évitoient du dé oût le dangereux poifon.
La Colline fuyoit : je touchois à fa cime :
Tout chemin devient court, quand le but nous
 anime.
 A TRAVERS quatre rangs de mille arbres
 égaux,
Qui fans me rien cacher uniffoient leurs rameaux,
Je vis ce bâtiment fans baze & fans matiére ;
Ses murs font la vapeur, leur ciment la lumiére :
Inébranlable & fixe en fon éternité,
Il fut bâti des mains de la diverfité.
Du fond toujours ouvert de fes nombreux por-
 tiques
Ne font jamais fortis les erreurs fantaftiques ;
De fa voûte éclairée un Etre éblouiffant
Sembla partir, voler, me joignit à l'inftant.
Le trouble qui nous trompe & qui fuit la furprife,
Qui fouventembellit l'objet qu'il nous déguife,
A peine avoit fait place à la réalité,
Que je crus voir les traits d'une Divinité :
Mais bien-tôt je la mis dans le rang des mortelles ;

Les Déeſſes , dit-on , ne ſcavoient qu'être belles;
   Celle que je voyois uniſſoit à la fois ,
Aux tendres agrémens l'air impoſant des Rois ,
Sa démarche étoit douce , & ſa taille légere ;
Les graces qu'on voyoit deſſus ſa téte altiere ,
Sembloient de la guider ſes moindres mouvemens ;
Et tenir ſes cheveux que careſſoient les vents :
Sous leurs flocons cendrés , ſimple & noble
    parure
Que l'art ſemble aujourd'hui ravir à la nature ,
Paroiſſoit de ſon ſein l'éclatante blancheur ;
Coloris delayé des doigts de la fraîcheur.
Les talens ſous ſes pieds raſſemblant leurs guir-
    landes ,
Avoient de Terpſicore (*) enlevé les offrandes ;
Euterpe à ſes genoux demandant des leçons ,
Apprenoit d'elle enfin l'art enchanteur des ſons.
Un voile cependant me cachoit ſon viſage ;
L'Amour aime à couvrir ſon plus parfait ouvrage.
Ce fils de la beauté , dont l'homme a fait un Dieu ,
Dans ſes bienfaits avare , & prodigue en ce lieu ,
D'un pinceau mal conduit craignoit trop la foi-
    bleſſe ,
Pour oſer me montrer l'objet de ſa tendreſſe ,
Je l'aurois mal dépeint ; ſoit bonté , ſoit courroux ,
Il voila ſon triomphe ; il en étoit jaloux :
Soit qu'il craignît pour moi l'excès de ſa puiſſance ,
Pour la premiere fois il en crut la prudence ;
Ou ſoit qu'il fût écrit aux livres des Deſtins
Que fait pour le bonheur du plus grand des
    humains ,
Nul autre ſur ce front ne pourroit jamais lire
Cet heureux embarras , cet aimable délire ,

(*) Muſe qui préſidoit à la Danſe. Elle étoit ornée de
Guirlandes , & l'on lui en offroit.

Du plaifir qui les fuit voluptueux enfans ;
Et de fon temple augufte éternels ornemens.
Mes yeux malgré la gaze auroient percé peut-
    être ;
Ce qu'on fçut admiter, on fçait le reconnoître :
Mais cet enchantement qui ne vient que du beau,
Quelque connu qu'il foit, le rend toujours
    nouveau.

    T A N D I S que fufpendue, indécife, étonnée ;
Mon ame loin de moi me fembloit entraînée ;
Et que déjà cédant aux imprudens defirs,
J'étois prêt à pouffer d'inutiles foupirs,
Celle qui les caufoit, leur impofa filence,
Par ces mots que dictoit la naïve éloquence.

    ,, Vous qui cherchez ce bien qui réfide en ces lieux,
    ,, Vos vœux font accomplis, fi vous les reglez mieux:
    ,, L'Aftre que dans le Ciel a placé la Nature
    ,, Doit-il ceffer pour vous d'en être la parure ?
    ,, La poffibilité doit borner vos projets ;
    ,, Et l'excès des defirs fit toujours les forfaits.
    ,, Ce n'eft qu'aux imprudens que la beauté peut nuire:
    ,, Je ne veux point vous perdre, & je viens vous
        inftruire :
    ,, Abufer du plaifir, c'eft l'éloigner de nous :
    ?, De fon Temple où j'habite, il m'envoya vers vous,
    ,, Non pour vous apporter ces ardeurs infenfées
    :, Qu'on nous voit dédaigner fans en être offenfées ;
    ,, Mais pour vous révéler ce que j'appris de lui,
    ,, Pour chaffer loin de vous les ombres de l'ennui,
    ,, Pour dévoiler enfin ces innocens myftéres,
    ,, Ces différens effets, & ces Loix falutaires,
    ,, Par qui ce Dieu puiffant regnant fur les mortels,
    ,, Conduit fes ennemis aux pieds de fes Autels ;
    ,, Après avoir appris ce qu'il eft, ce qu'il aime ;
    ,, Vous fçaurez ce qu'il peut ; & le verrez lui-même.

ALORS comme au matin la plante de la nuit
Renferme fes trefots quand le jour la pourfu t ,
De même une autre gaze à mes yeux plus obfcure ,
Me fauva d'un forfait qui n'eft point une injure ;
Puniffant mon audace en couvrant fes appas ,
Me rendit ma raifon qui fuyoit à grands pas.

    LA Nymphe alors marcha vers ces parvis ai-
      mables
Qu'habitent le bonheur & les plaifirs durables ,
Déjà j'en approchois , & j'y voulois entrer.

    „ Arrêtez , *me dit-elle* ; avant d'y pénetrer,

    „ Connoiffez-vous le Dieu qu'en ce Temple on adore?

    „ Qui le cherche le plus . eft celui qui l'ignore ;

    „ Il craint les préjugés d'un efprit prévenu :

    „ Souvent qui crut le voir , l'a le plus méconnu.

Eft-ce à moi , répondis-je , à vouloir le dé-
    peindre ?
J'ai cherché ces Autels , mais on n'y peut atteindre :
Si pour le mieux fixer je me créai des Loix .
Si mon œil étonné l'apperçut quelques fois ,
Puis-je en me rappellant ces foibles étincélles ?
Prétendre à vous tracer fes flâmes éternelles ?
Ce Dieu fuit le caprice , évite qui le fent ,
Paroit , n'eft déjà plus , & s'enfuit à l'inftant.
En vain l'appelle-t'on , c'eft un enfant bizarre ,
Qui fe rit des mortels , & toujours les égare :
Le crime , on le prétend , eft fouvent avec lui ;
Le regret l'accompagne , ou précédant l'ennui.
Ennemi du travail , & toujours hors d'haleine ,
Tout Sage le combat , mais l'enchaine avec peine ;
Trop femblable à l'éclair , fa trompeufe clarté
Accroift , en fe perdant , la trifte obfcurité .
Il vole , & fon flambeau laiffe un vuide effroyable
Qui nous rend malheureux , fi l'on n'eft pas
    coupable.

                  Appanage

Appanage du foible , & tyran des humains ,
Il tarit nos vertus , & tranche nos deftins :
Moi-même qui le fers , & m'en fais une étude ;
J'ai fenti dans mon fein la trifte incertitude ;
Souvent trompant mes vœux , riant de mes
    efforts ,
Au lieu de l'embraffer , j'ai trouvé les remords.

    „ Sous quels traits ! Eft ce lui ? dit la Nymphe
      étonnée ,
    „ Une fource fi pure eft donc empoifonnée ;
    „ Je difpenfe fes eaux ; & je les méconnois.
    „ Vous m'offrez le tableau d'un monftre que je hais ,
    „ Qui vous flatte & vous perd , dont tout homme eft la
      proye ,
    „ Dont le fouffle empefté corrompt même la joye ;
    „ Qui trahit qui l'écoute , & fe fert pour appas
    „ Du mafque féduifant d'un pouvoir qu'il n'a pas.
    „ Sous le nom du plaifir il furprend votre hommage ,
    „ Vous ofez les confondre ; il vous trompe , & l'ou-
      trage.
    „ Je vais vous révéler leurs premiers différends ,
    „ Et guider vôtre efprit dans l'abîme des tems.
    „ Du Dieu que vous cherchez vous apprendrez l'Hi-
      ftoire ;
    „ Venez , je redirai leurs combats , fa victoire ;
    „ Vous fçaurez qui créa ces deux fameux Rivaux ,
    „ Que l'homme en s'aveuglant a rendus pie que égaux.

Du Temple cependant dépaffant l'étenduë ,
Je m'éloignois déja fans le perdre de vuë ,
Nous arrêtant bien-tôt où le mont en penchant
Découvre le vallon qu'il forme en s'abaiffant ,
Un tranquille ruiffeau qui coupoit la verdure ,
Nous offrit de fes bords la champêtre parure.
A peine tous les deux y fûmes-nous affis ,
Que des arbres voifins les rameaux épaiffis

E

Rassemblant les festons qui couronnoient leurs
    faites,
Semblerent se plier pour s'unir sur nos têtes :
Ils formoient un berceau sans borner nos regards ;
Et leurs fleurs & leurs fruits croissoient de toutes
    parts.

    ,, Si le plaisir émeut la matiere insensible,
    ,, Qui croit lui resister, veut tenter l'impossible ;
    ,, Vous voyez à quel point il semble agir pour moi,
    ,, Dit la sage Prêtresse organe de sa Loy ;
    ,, Ecoutez ses secrets, connoissez sa naissance,
    ,, Cessez de l'outrager, adorez sa puissance.

    L'UNIVERS existoit, & l'homme étoit
    formé,
Tout sentoit le pouvoir de l'humide enflamé,
Qui contenant les feux germes de la nature,
Modére leurs efforts, porte leur nourriture.
Je ne me perdrai point dans ces vains sentimens,
De l'orgueil des humains fabuleux monumens :
Le Plaisir connoît peu ces sçavantes chimeres.
Les fameux Préjugés (*) des Loix triangulaires,
Ces Points mystérieux, dans qui l'Antiquité
Inscrivoit les effets de la Divinité,
L'Edifice qu'osa bâtir sur la Science
L'Oracle (**) de la lente & sûre Expérience,
Qui veut qu'une Comette ait par un choix heureux
Fait jaillir notre terre en sillons lumineux,
Que des feux du Soleil l'épanchement rapide
Ait suffi pour former un monde alors aride,
Qui depuis concentrant toute sa densité,

(*) Les Principes d'Aristote.
(**) Mr. de Buffons, qu'on peut appeller justement le
Flambeau de la Nature. Ce n'est que d'après lui qu'on a osé
décrire plus haut l'antre qu'elle habite.

A dans le sein des eaux pris sa fertilité ;
Les tourbillons , le vuide , & tant d'autres Sy-
      stêmes ,
Qui ménent la raison de Problême en Problême ,
N'ont jamais du Plaisir allumé les Flambeaux ;
Il sourit , les écoute , & les croit tous égaux.
   IL FUT , n'en sçait pas plus , voit les effets
      sans causes ;
Et n'approfondit point les principes des choses.
Il n'a jamais rougi de ne pas tout sçavoir ;
Le seul présent l'occupe , il ne veut point prévoir.
Il ignore avec nous la main qui l'a fait naître.
Lorsqu'il parut enfin , l'homme n'avoit que l'Etre ;
Soumis au seul instinct , son épais sentiment,
N'aimoit que le repos , craignoit le mouvement :
Renfermé dans les soins de sa triste existence ,
Les moindres Végétaux lui prêtoient leur sub-
      stance.
L'herbe entouroit ses pieds , il la broutoit sans
      choix ;
Il trouvoit son soutien dans les feuilles des bois ;
Les dévorant sans goût, il en manquoit sans peine ;
Il regrettoit les sons de sa débile haleine :
Ses yeux sans distinguer se fixoient sur l'objet ;
Sa volonté sans force agissoit sans projet.
   TEL dans ce Continent que s'est soumis le
      Tage ,
A l'ombre d'un Platane est un Monstre (*) sau-
      vage :
Sous quelques traits humains qu'offusque sa mai-
      greur,

_____

(*) Le *Hey* , ou le Paresseux , espece de Singe fort ressemblant à l'homme. Il a la peau blanche & des cheveux comme de la filasse. On en trouve dans le Bresil. Il est digne du
nom qu'on lui a donné : la frayeur seule peut le faire mouvoir , souvent le besoin n'est pas assez fort. Il s'endort , lorsque sa femelle vient le chercher.

E ij

Sont peints la nonchalance & la molle langueur ;
Il ne va point chercher sa foible nourriture ,
L'a　e qu'il a choisi lui fournit sa pâture ;
Il atte:d que ce tronc ébranlé par les vents ,
Ait offer une feuille à ses bras expirants :
C'est ainsi qu'abruti , du sein de l'ignorance
L'homme encensoit alors la froide indifférence ;
Cet instinct créateur qu'on nomma volupté ,
Succomboit sous le poids de sa férocité ;
Indolent x farouche il fuyoit son semblable ;
Quoique la femme fût , rien ne sembloit aimable ;
Mortel , & dépourvû du feu qui reproduit ,
A peine étoit-il né , qu'il eût été détruit.
　　La Nature a toujours abhorré les miracles ;
Si ses sages Decrets ne trouvent point d'obstacles ;
C'est que l'effet tardif d'un principe éloigné ,
Dès le premier Instant est en lui désigné :
Elle suit d'un pas sûr une route invisible ,
Et sçait en la créant se la rendre possible :
Formant entre chaque Etre un juste enchaî-
　　nement ,
Tout agit , & tout change en se dévelopant :
Jalouse de ses Loix , elle aime à s'en prescrire ,
Sa puissance en dépend , & l'accroître est y nuire.
Les humains qui déja marchoient vers le tombeau ,
Auroient exigé d'elle un prodige nouveau ;
En vain tous les ressorts d'un si parfait ouvrage
Pouvoient , en renaissant , s'accroître davantage ;
Se remplacer l'un l'autre , & se multiplians ,
Braver l'âge & la mort , & vivre en leurs enfans ;
Ils le pouvoient en vaïn : la masse inanimée
Par l'ardeur des desirs n'étant point consumée ,
Accablant tous les sens de son poids destructeur ,
Au lieu d'activité donnoit la pesanteur.
Le trépas précédé de la décrépitude ,
Eût changé notre monde en vaste solitude :
La Nature en frémit , & craignit le néant ;

Elle fit le Plaifir : tout vécut à l'inftant ;
   Tout s'émut, tout fentit, tout prit un nou-
     vel Etre ;
Et l'homme en s'éveillant courut après fon maître.
   T E L le foufre enflâmé communique fes feux,
Alors que dans la nuit au fignal de nos jeux,
Un moment lui fuffit pour finir fa carriere,
Et pour faire éclater mille traits de lumiere :
De même tous les goûts, l'efpoir, & le defir
S'allumoient à la fois à l'afpect du plaifir ;
Recevant es rayons que rien ne peut éteindre ;
Eclatant d'autant plus qu'on les vouloit con-
     traindre.
En pénétrant par-tout, leur innocente ardeur
Y portoit avec eux l'empreinte du bonheur.
   J E U N E & timide encor dans les bras de fa
     mere,
Le Dieu fe croyoit feul ; il lui nâquit un frere :
Dans les premiers tranfports de fes foins ca-
     reffans,
Sa prodique bonté le combla de préfens.
Un jour qu'il lui donnoit une branche fleurie
Qu'au Rofier des amours fa main avoit cueillie ;
Il l'a vit fe fecher, & perdre fon odeur ;
Il vouloit la reprendre, & connut la douleur ;
Une épine en fortoit, il fentit fa piqueure ;
Et s'enfuit en pleurant s'en prendre à la Nature.

    ,, O mon fils ! lui dit-elle ! ô toi ! par qui tout plaît,
    ,, Le fort qui nous unit par un même interèt,
    ,, Dépofant en mes mains fa puiffance fuprême,
    ,, Traça de l'Univers l'inéfable Siftême ;
    ,, De fes divers accords fe repofant fur moi
    ,, D'une démarche égale il m'impofa la loy.
    ,, En mes plus grands effets, en mes moindres mer-
      veilles,
    ,, Chaque tout dans fa forme a deux branches pareilles :

,, La feuille fe fepare en egaux filamens ;

,, Et ce qui vit , reçoit des membres reffemblans.

,, La regle primitive eſt un juſte équilibre.

,, J'épuiſai mon pouvoir , créant un Etre libre :

,, J'avois crû faire affez lui donnant la raiſon ,

,, D'un ſtupide fommeil il buvoit le poiſon ;

,, La raiſon fans attraits ne fut jamais active.

,, C'en eſt fait , il reſſent une flâme plus vive :

,, Il connoît le bonheur , il l'écoute aujourd'hui ;

,, Et la terre & les Cieux femblent être pour lui.

,, Ma prodigalité pour l'homme fut extrême ;

,, Et fans ton frere enfin il feroit Dieu lui-même :

,, Sans lui peut être un jour la foible humanité

,, Auroit pû s'élever à la Divinité.

,, Mais fuivant des Deſtins la regle invariable,

,, Je t'ai fait un rival à toi-même femblable,

,, Il le faut ; j'en fremis , tout mortel à fon choix

,, De ce monſtre , ou de toi , peut écouter la voix.

,, Tu donnes fans promettre ; il n'a rien , mais fçait
        feindre :

,, C'eſt à vous deux de rendre heureux , ou bien à
        plaindre :

,, Balancés l'un par l'autre , oppofés à jamais,

,, Qu'il enchaine en trompant & toi par tes bienfaits :

,, Avant qu'il ait creufé fes fombres précipices ,

,, Du monde encor naiffant va cueillir les prémices ;

,, Tu dois y regner feul , jufqu'au tems que tes feux

,, S'y perdront en fuivant cent canaux ténébreux.

,, Crains fur-tout de donner dès armes à ton frere ,

,, Il ne te combattra que lorfqu'il fçaura plaire.

   De mes productions j'entretiendrai le cours ,
,,

,, La regle eſt mon repos ; vous, agiffez toûjours.

,, Tous deux vous le devez : fois utile , & qu'il nuife ;

,, Eclaire & reproduis ; qu'il égare & détruife.

,, S'il l'emporte fur toi , revole dans mon fein ;

,, Le perfide en ce lieu t'attaqueroit en vain.

L'IMPATIENT Plaisir guéri de sa blessure,
Sçachant trop peu haïr, oublia son injure ;
Il pardonne aisément, & ne veut point d'avis ;
Quand la Nature en donne, ils sont trop peu
    suivsi.
Ces moteurs de l'esprit, ces organes de l'ame,
Penchants délicieux dont l'ardeur nous enflâme,
Qui pour nous rendre heureux augmentent nos
    besoins,
Répandoient le bonheur qui s'accroît par les soins :
Leur Art qui fait goûter jusqu'à l'air qu'on
    respire,
Du maître des mortels établissoit l'empire.
Dans ces tems fortunés trop éloignés de nous ,
Il n'alloit point du luxe embrasser les genoux :
Cet esclave orgueilleux que lui-même a fait naître,
Qui voudroit l'asservir, qui l'effraye peut-être,
Ne vendoit point ces biens qu'il nous fait mé-
    priser,
En nous donnant le droit d'en pouvoir abuser.
L'altiere certitude & la froide arrogance
Ne doroient point les fers de l'oisive opulence ;
Riche sans embarras, un profit assûré
Suivoit l'amusement d'un travail moderé :
Les arbres cultivés devenoient plus fertiles ,
On ôtoit dans le tems leurs branches inutiles ;
Et leur séve abondante en portoit plus de fruits :
Modérant le Soleil & la fraîcheur des nuits,
On se formoit des toits en pliant leurs branchages ,
On cherchoit le repos couché sur leurs feuillages ;
Bien-tôt de leurs débris on se fit des maisons :
Par-là l'on commençoit à braver les saisons.
L'instructive mémoire élevant la pensée,
Annonçoit l'avenir par la chose passée :
On sçut nombrer les jours, on désigna les tems ;
Et divisant notre âge on mesura les ans.
La modeste indigence égalisant les hommes ,

Les rendoit en effet moins pauvres que nous
    fommes ;
Sans defirer alors ce que l'on n'avoit pas ;
Le goût & la raifon conduifoient pas à pas.
Les vallons , les côteaux qu'embelliffoit l'Au-
    rore ,
Spectacle qui nous frape & qui nous plaît encore ;
Déployant leurs beautés aux yeux alors furpris ,
Après un doux fommeil égayoient les efprits.
    LABORIEUX fans peine , & fçavant fans
    étude ,
Débarraffé des foins qu'impofe l'habitude ,
Chaque homme avoit pour Loy fa fimple volonté ;
Et fon tréfor étoit l'innocente gayté.
L'un s'approchant des eaux , chériffoit leur mur-
    mure ,
L'autre habitant des Prés ; contemploit leur ver-
    dure ;
Celui-ci des rochers admiroit la hauteur ,
Un autre des forêts perçoit la profondeur.
Aucun n'avoit appris les moyens de détruire ;
Et jufqu'aux animaux n'avoient jamais fçû nuire :
Sans crainte , & fans danger ils vivoient tous
    en paix ;
Leur inftinc les faifoit obéir aux bienfaits ;
Le pouvoir tout puiffant de la reconnoiffance ;
Qui de leur rage encore éteint la violence ,
Ce fentiment fi rare , & qui fait deux heureux ;
A qui l'on ne croit plus , & qu'on n'attend que
    d'eux ,
Ce lien précieux de tout ce qui refpire ,
De l'homme fur la brute établiffoit l'empire ;
Se plaifant à donner , il voyoit tout foumis :
Il étoit fans rivaux comme fans ennemis.
Le vieillard en contant , inftruifoit la jeuneffe ;
Qui dans tous fes befoins fecondoit la vieilleffe ;
Ces fecours mutuels dédaignés parmi nous ,
                Uniffoient

Uniſſoient les mortels ; ils ſe chériſſoient tous.
Quelques - uns rapprochés par l'humeur & par
    l'âge ,
Se voyoient plus ſouvent , & s'aimoient davan-
    tage :
L'amitié , ce vain nom qui n'exprime plus rien ,
Dans l'enfance du monde étoit le premier bien.
L'ingénieux Plaiſir en la rendant durable ,
S'ouvroit du ſentiment la ſource inépuiſable ;
Multipliant nos ſens , il aſſûroit ſes droits :
Heureux dans ſon ami , l'homme ſentoit deux fois.
    L'A M O U R qui maintenant eſt froid ou trop
      extrême ,
Alors ſage & naïf , fut le plaiſir lui-même ;
Tous les cœurs pénétrés de ſes vives ardeurs ,
Ignoroient les tranſports des jalouſes fureurs.
La Beauté ſans caprice , & cependant aimable ,
Du malheur des humains n'étoit jamais coupable.
Le langage impoſteur , l'art des déguiſemens ,
Ne cachoient point les feux dont brûloient les
    amans :
On ne s'impoſoit point des chaines éternelles ;
Et les femmes enfin ne dépendoient que d'elles.
Guidé par un inſtinct que l'on ne connoît plus ,
On n'éprouvoit jamais les horreurs d'un refus.
Un inſtant ſoumettoit la Beauté la plus fiere ;
Et l'on n'oſoit aimer qu'étant certain de plaire :
Percé d'un même trait , en même-tems épris ,
On ignoroit alors la feinte & les mépris.
Le mouvement ſecret , la voix intérieure
Qui montre à l'animal la plante la meilleure ,
Lorſque voulant guérir cherchant ſur un gazon ,
De mille ſucs mortels évitant le poiſon ,
Il ſemble faire plus que nous ne pouvons faire ,
Et diſtinguer ſans peine une herbe ſalutaire ,
Ce conducteur caché , néceſſaire au bonheur ,
Du milieu des dangers ſauvoit un tendre cœur.

                    B

Content de son partage , & témoin sans envie ;
Sa flâme du retour étoit toûjours suivie ;
Rien ne l'obscurcissoit , il n'en reste aujourd'hui
Qu'un éclair passager que remplace l'ennui :
Sans trouble & sans dégoût , ardente , quoi-
    qu'égale ,
Ses momens les plus doux étoient sans intervale :
Le cœur se suffisoit , il enchaînoit l'esprit ;
Lorsqu'il l'écoute trop , le charme se détruit.
Des mots vuides de sens on dédaignoit l'usage.
L'amour ne doutoit point ; lui-même étoit son
    gage ;
Il resserroit ses nœuds par les aimables soins ,
Maître alors de les rompre , il y pensoit bien
    moins.
Si l'on cessoit d'aimer , sans se rendre infidele
On formoit de concert une chaîne plus belle ;
Quoique le goût changeât , les cœurs restoient
    unis :
Les anciens amans sont les meilleurs amis.

    M A I S dans ce siecle heureux que nous croyons
    barbare ,
Prodigue en sentiment , & pour le reste avare :
Le Plaisir en cachant les modestes égards ,
Laissa long tems dormir la mollesse & les Arts :
Il craignoit que l'excès de la délicatesse
Ne devînt quelque jour nuisible à la tendresse ;
Qu'on vînt à sentir moins voulant trop raisonner.
L'homme de ce qu'il peut paroissant s'étonner ,
Content de son pouvoir sans penser à l'étendre ,
Sçavoit trop en joüir pour vouloir rien apprendre;
Il ne distinguoit point les immenses rapports ,
Qu'on lui voit animer par ses moin res efforts.

    T E L S ceux qui n'ont point vu , frapés par la
    lumiere ,
Troublés de ses rayons , referment leur paupiere ;
Lorsqu'une heureuse main levant l'obscurité ,

A leurs yeux recouverts a rendu la clarté :
Ebloüis des objets , fans voir leurs différences ,
Leurs regards incertains confondent les diftances.

TELS les mortels fortis de leur aveuglement ,
N'ofant rien comparer , découvroient lentement:
Les talens font les fruits d'une longue habitude ,
Que le hazard feconde , & que guide l'Etude ;
Ces miracles nombreux de la facilité ,
Si connus aujourd'hui par leur utilité ,
Et qu'on croit maintenant attachés à notre Etre ;
Furent un fiecle entier fans qu'on les vît paroître :
Le Plaifir qui les donne , ofa les retarder.
Son abfence depuis nous fit tout hazarder ;
Mais alors plus heureux , plus fenfés , plus ti-
    mides ,
Nos progrès plus certains en étoient moins rapides :
On voyoit d'âge en âge accroître ces prefens
Que ne confumoient point des défirs dévorans.
Le Dieu , fans y penfer , donnoit tout d'un fou-
    rire ;
A force de bonheur il vouloit nous inftruire.

UN jour en confultant les ondes d'un ruiffeau ,
Et cherchant fur fa rive un ornement nouveau
Une jeune Beauté formant une guirlande .
A fes appas naiffans préparoit une offrande ;
Pour relever fon teint menageant les couleurs ,
Son œil avec fes mains entrelaffoit les fleurs.
Celles (*) qui fur nos murs ont pour terre une
    fente ,
De deux rochers voifins embelliffoient la pente ;
Leurs parfums répandus croiffoient au gré du vent :
L'ombre augmentoit l'effet de leur jaune éclatant.
La Nymphe s'occupant de fa fimple parure ,
Lifoit dans ce miroir formé par la nature ;
Le noir de fes cheveux s'accordant à la fleur ,

_____

(*) La Giroflée jaune.

Lui fit de ces rochers méprifer la hauteur.
La plante cependant reftoit inacceffible ;
Mais lorfque l'on veut plaire , il n'eft rien d'im-
    poffible ;
Et bientôt du fommet par fa débile main
Vingt cailloux vers ce but furent pouffés en vain.
Son amant qui la vit , l'en aima davantage :
Le foin de nous charmer eft le plus tendre hom-
    mage.
Déja la fecondant , fous l'effort de fon bras
Les cailloux mieux lancés bondiffoient en éclats ,
Portoient au bas du roc & la fleur & fa tige ;
Lorfqu'un d'eux en fifflant fit paroître un prodige :
Efleurant dans fon choc la pointe d'un rocher ,
Il fit fortir un feu qui fembloit s'y cacher.
L'obfcur fe féparant de l'Effence éternelle ,
A l'inftant fit briller la premiere étincelle ;
Par un prompt mouvement fe trouvant comprimé ,
Laiffa fuir dans les airs un atôme enflâmé.
La nuit qui s'approchoit rendant tout feu vifible ,
A la feconde fois il devint plus fenfible ;
Des deux amans enfin les effais répétés
Montrérent une flâme aux yeux épouvantés.
Le feu qui s'attacha fur la mouffe voifine ,
Gagnant quelques buiffons embrâfa la colline.
L'homme inftruit par degrès , dès cet heureux
    moment
Eut l'art de maîtrifer ce terrible Elément ;
Enchaînant à fon gré fa rage obéiffante ,
Il fçut prefque créer par fa chaleur puiffante.
  Tel alors le Plaifir enfeignant par des jeux ,
Voulut qu'au tendre amour l'homme dût tous
    fes feux.

LE PLAISIR,
REVE.

SONGE TROISIEME.

SOMMAIRE.

La Nymphe reproche à l'Autheur les regrets que luï coûte le souvenir de ces temps heureux. Suite de l'Histoire du Plaisir. Son frere le trompe. Il l'engage à le mener dans le lieu où réside la Nature. Il veut y allumer son Flambeau. Effet que produit sur les Animaux ce Flambeau lorsqu'il s'allume. Le Plaisir doute un moment ; & le fait enfin pénétrer dans le lieu d'où sortent les hommes. Le Plaisir reconnoît son erreur ; son frere, qui est son plus grand ennemi, s'appelle l'excès. L'Excès tente de pénétrer jusqu'au Sanctuaire de la Nature. Il veut déchirer le voile qui couvre la Divinité. L'Univers est ébranlé : des Monstres naissent ; la Nature les chasse de son sein. Ce Fils dénaturé, qui mene à sa suite tous les vices, arrive sur la surface de la Terre ; il s'éleve jusqu'aux Cieux, & apprend à ses Sujets les moyens de combattre le Plaisir.

C ET AGE est oublié, n'y portons plus la vuë,
Disciple du Plaisir, quoi votre ame est émuë ?

Un souvenir flatteur n'affligera jamais
Que les cœurs envieux nourris dans les regrets.
Le Sage du passé sçait embellir sa course ;
Le présent, quel qu'il soit, est toûjours sa res-
 source.
Si jadis les desirs étant moins émoussés,
En vieillissant trop tôt n'étoient point effacés,
De leurs prodigues feux la juste œconomie
Peut encor nous suffire & remplir notre vie,
La raison en tout tems leur rend leur nouveauté ;
Par elle le bonheur perd sa fragilité.
   Deja son ennemi, son rival implacable
Lui cachoit ses desseins, tout traître en est ca-
 pable ·
Ce fils par la Nature à regret engendré,
Conducteur dangereux, frere dénaturé,
Rongeant en frémissant le frein de l'impuissance ;
Voiloit son désespoir par son obéïssance.
Principe des forfaits, il les avoit en lui ;
Et le plus grand de tous fut son premier appui.
Il souilla l'amitié, lorsque sa main hardie,
Du nom du sentiment marqua la perfidie :
Jusqu'à feindre d'aimer il poussa la fureur.
Traçant par cent détours la tardive noirceur,
Contemplant les progrès de son funeste ouvrage ;
Il perdoit par délice, & caressoit par rage.
Telle on vit. . . . (plût au Ciel qu'on eût en-
 seveli.
Ce forfait effrayant dans les bras de l'oubli !)
Telle au milieu de nous dans une (*) femme ai-
 mable,
On reconnut les traits de ce monstre exécrable ;
Elle put comme lui, criminelle avec art,

(*) La Bréhenvillier empoisonna son pere & son frere.
Elle avoit, dit-on, le projet d'empoisonner la Reine. Cette
abominable femme étoit jolie.

Trancher par mille coups la trame d'un vieillard,
De son pere & des siens prolonger les souffrances,
De leurs maux retardés compter les différences,
Les voir, les careffer, joüir de leurs tourmens,
Modérer son poison, le guider à pas lents,
L'augmenter chaque jour, multiplier ses crimes ;
Et dans ses Citoyens voir autant de victimes :
De même, & plus cruel, cet adroit destructeur
De toute trahison fut le premier autheur.

LE FOIBLE qui veut nuire employant l'ar-
　tifice,
A l'abri des dangers cherche l'inftant propice ;
Il profite de tout : moins il est redouté,
Plus le forfait s'achève avec facilité.
Dans ces tems consacrés à la simple innocence,
Le Plaisir craignoit peu de manquer de prudence,
La crainte nous la donne, elle vient du mal-
　heur ;
Et fuit trop rarement la joye & la candeur.
Il avoit oublié les leçons de sa mere,
Et dans son ennemi ne voyoit que son frere.
S'étonnant quelquesfois de sa naïveté,
Il s'accusoit lui-même alors de cruauté.
La Nature (il le crut) par haine, ou par ca-
　price,
Se cachant à ses yeux lui faisoit injuftice ;
Avec douleur encor il voiloit ses secrets,
Imprudent ! d'un rival il servoit les projets.
Plus il l'examinoit, & plus leur reffemblance
De son cœur abusé chaffoit la méfiance.
Modéré dans ses vœux, jufte & reconnoiffant,
Il ne lui fembloit plus ce qu'il fut en naiffant :
Les Fleurs entre ses mains ne pouffoient plus
　d'épines,
Leur tige en fleuriffant s'y chargeoit de racines.
TOUT Flateur dans la gêne, inftruit par
　l'interêt,

Suit la vertu par crime , & devient ce qu'on eſt ;
Réüſſit d'autant plus que la feinte eſt extrême ;
Et couvert de nos traits paroît être nous-même :
Qui parle comme nous , & toûjours éloquent ;
Et l'habile impoſteur égare en imitant.

REVESTU du pouvoir de la perſévérance ,
Et faiſant remarquer ſa fauſſe indifférence ,
Ennemi politique , & par là dangereux ,
Le pere des chagrins ſe plaiſoit dans les jeux :
Il ſembloit les aimer ; & tranquile , modeſte ,
Encenſoit la gayté que toûjours il déteſte.
Admirant du Plaiſir les aimables effets ,
Il feignoit d'ignorer d'où ſortoient ſes bienfaits.
Souvent il lui diſoit , ſi je ſuis vôtre frere ,
Que n'ai-je comme vous l'heureux talent de
      plaire ?
Je n'aurois point ceſſé de vous être ſoumis ;
Mais la Nature a craint d'élever trop ſes fils.
Sans doute elle a raiſon , l'excès de la puiſſance
Par un chemin trop court mene à l'indépen-
      dance :
Deux pouvoirs trop unis ne dépendent que d'eux ;
Le Plaiſir & ſon frere auroient fait trop d'heureux.
La main qui deſunit tirannique & cruelle ,
En nous affoibliſſant veut qu'on tienne tout d'elle.
Peut-être elle eût voulu que nous fuſſions rivaux :
Pour nous rendre ennemis , elle nous fit égaux ;
Et tandis qu'arrachant des préſens néceſſaires ,
Vous pouvez pénétrer juſques dans ſes myſteres ;
Que vous guidez ſes feux , & que tout ſuit
      vos Loix ,
Fait auſſi pour regner , rien n'ecoute ma voix.
Ce Flambeau que je tiens , ſans flâme eſt inutile.
Elle a ſçu me cacher l'impénétrable azile
Où le vôtre eût toûjours le droit de s'allumer ;
Où peut-être le mien auroit pû s'enflâmer ,
Je n'aprofondis point un ſecret que j'ignore ;

Que m'importe après tout qu'elle m'aime ou
    m'abhorre ?
Soit que tout soit en vous, ou forte de son sein,
Content de vos bontés, j'en parle sans dessein ;
Je crains de lui devoir de la reconnoissance.
Le bonheur rarement s'accroît dans la puissance :
La vôtre auroit été l'objet de mes desirs ;
J'eusse peut-être accru le nombre des Plaisirs.

    CES discours répétés, semés avec adresse,
Ne pouvoient qu'éblouir la crédule tendresse :
Qui nous connoît, nous trompe avec facilité ;
La clef de tous les cœurs est la félicité.
Le Dieu qui la forma ne sçauroit se contraindre,
Ses dangers aujourd'hui n'ont pû l'apprendre à
    craindre ;
Sa seule ambition est d'aimer ses enfans,
Il veut les enchaîner par des bienfaits plus grands ;
Ils redoublent toujours quand sa main les partage :
Et son sort n'étoit pas de rester toujours sage.

    LE MOMENT approchoit, l'inflexible destin
Des beaux jours des mortels avoit marqué la fin :
Il arrive à son but par une route obscure ;
Et souvent sous ses Loix fait gémir la Nature.
L'un l'appelle en tremblant une Divinité ;
L'autre veut qu'il ne soit que la fatalité :
Des bords sacrés du Tibre, aux saintes eaux du
    Gange,
De cent Peuples divers l'innombrable mélange
Sous des noms différens, & l'encense, & le
    craint ;
Tous sentent son pouvoir, & chaque homme
    s'en plaint.
Souvent le plus heureux l'accuse d'injustice ;
Ses fureurs ne sont point l'effet d'un vain caprice ;
Il décide de tout ; rien n'arrive au hazard :
Le timide le fuit, & n'en meurt pas plus tard.
Le Destin le voulut ; & le Plaisir lui-même

Suivit, fans le fçavoir, fa volonté fuprême :
Accompliffant alors ce décret trop fatal,
Des Dons de la Nature il arma fon rival.
Lui feul il connoiffoit la profonde retraite,
Où toûjours ignorée & toûjours fatisfaite,
Tranquile dans les bras d'un repos agiffant,
Elle répand l'ardeur de fon feu tout-puiffant.
Conduifant par la main fon déteftable frere,
Il vola vers cet Antre où réfide fa mere.
Ce mur qui nous arrête & qui borna vos pas,
Que notre orgueil nous cache, & qu'il ne fran-
        chit pas ;
Qui prévenant le Dieu s'ouvroit à fon approche,
Sembla par fa lenteur appeller le reproche.
Le Plaifir s'irritant de tous rétardemens,
Pour l'ouvrir l'ébranla jufqu'en fes fondemens :
La caverne en mugit, fes voûtes éternelles
Perdant le point d'appui qui les unit entr'elles,
Se preffant tout-à-coup parurent s'écrouler.
Le Monftre l'eût voulu, mais parut en trembler :
Il fçait, quand il le faut, feindre de la foibleffe ;
Et par là du Plaifir il afsûroit l'yvreffe.
Tous deux étoient déja près des flots enflamés,
Par qui les animaux femblent être animés ;
Le traître, en y plongeant fon flambeau redou-
        table,
Fit l'effroyable effai d'un pouvoir déteftable.
Les Bêtes a l'inftant connurent la fureur,
Les unes le carnage, & d'autres la terreur ;
Et s'empreffant déja de dépeupler la terre,
Aux humains étonnés alloient livrer la guerre.
    SUR LES mortels alors jettant quelques
        regards,
Le Plaifir les trouva fuyant de toutes parts.
Il vit l'affreux befoin qui menoit l'induftrie,
Leur montrer les moyens de conferver leur vie.
D'un tronc rendu mobile un d'entr'eux Inve nteur,

Sçavoit joindre à ſes coups l'énorme peſanteur ;
L'autre avec une pierre oſant percer la nuë ,
En lâchant le ſoûtien qui l'avoit retenuë ,
D'un cercle répété lui donnant tout l'effort ,
L'envoyoit en tombant porter au loin la mort.
Mille ſerpens aîlés déchirant l'air paiſible ,
Alloient frapper le but dans leur courſe inviſible ;
En s'éloignant de l'arc par de longs ſifflemens ,
Ils étoient du trépas les plus prompts inſtrumens.
La raiſon qui toûjours voulut être maîtreſſe ,
Pour ſoumettre la force eut recours à l'adreſſe ;
Déplorant les effets de ces preſens cruels ,
Elle plaignoit la Brute , & ſauvoit les Mortels.
    Le Plaisir qui voyoit ce funeſte pré-
        ſage ,
Craignit pour un moment d'avancer davantage ;
Dans ſes propres erreurs on le voit s'aſſurer ;
Il s'irrite , il acheve en voulant différer.
Son rival attentif par un ſouris perfide
Sçut augmenter ſon trouble , en l'appellant ti-
        mide :
Vous vous livrez , dit-il , à de vaines terreurs.
La Nature elle-même ordonna ces fureurs ;
Vous effrayer encore eſt ſa ſeule reſſource ;
Elle tente par-là d'arrêter notre courſe.
Le pouvoir deſpotique échape de ſes mains ;
Ce deſordre apparent annonce ſes deſſeins.
Si de ces premiers feux je ne ſuis pas le
        maître ,
Marchons pour les regler ; faites-la-moi connoître ;
Peut-être qu'en effet la triſte égalité
N'eût été qu'un obſtacle à la félicité.
Quiconque en agiſſant veut conſulter la crainte ,
Eſt né pour obéir , & chérit la contrainte.
Eſt-ce à vous de trembler ? précipitons nos pas :
Il n'eſt point de danger pour qui n'en con-
        noît pas.

TEL on voit un rocher long-tems battu des
     ondes ,
Quand il découvre enfin ses racines profondes ,
Que la terre sous lui s'échape avec les eaux ,
Conserver en tombant un instant de repos ;
Incertain dans sa chute , ébranlé sur sa base ,
Il est prêt de quitter les Sommets du Caucase ;
Il croule , c'en est fait , il fuit dans le torrent ;
Plus son poids l'arrêta , plus son effort est
     grand :
Dé même le Plaisir abandonnant le doute ,
N'en devient que plus prompt à poursuivre sa
     route.
     DANS le sein trop caché de ces augustes
     lieux ,
Est un point qui sépare en frapant peu les yeux ;
De l'homme aux animaux il fait la différence ,
Son espace n'est rien , & cependant immense ;
Pour qui veut comparer il est toûjours distinct :
La raison vient y naître , & là finit l'instinct.
Jusques-là les objets gouvernent les idées ,
Sur un court sentiment elles semblent fondées ;
Plus loin l'esprit commande , est le premier
     agent ,
Rassemble tout en lui , fait l'Etre intelligent :
En passant d'un seul pas ce point inconcevable ,
Le Plaisir accomplit l'arrêt irrévocable.
Il conduisit son frere ; & le Monstre empressé
Des mains de la raison fut trois fois repoussé.
A peine eut-il franchi cette immense barriere ,
Que son Flambeau souilla l'éclat de la lumiere :
Il fit en s'allumant sortir l'obscurité
Des foyers empestés de sa sombre clarté.
Ces voiles ténébreux précurseurs des orages ,
Des malheureux humains présageoient les nau-
     frages :
Par la secrette horreur d'une effrayante nuit ,

Le jour de la raison parut être détruit.
Tout parut se confondre à travers les ténebres,
On entendit le son de mille cris funebres ;
On vit se succeder des fantômes naissants,
Qui se formoient, croissoient & sembloient gé-
    missants :
Déployant les replis de leurs aîles pesantes,
Ils souffloient dans les airs leurs haleins brûlantes.
Le Monstre qui portoit le germe des Forfaits,
Les fit éclore tous, & se nomma l'*Excès*.
A ce nom repeté cent Monstres répondirent,
Jusqu'au cœur des humains les sons en reten-
    tirent :
Il sortit de ces lieux d'affreux rugissemens,
Qui déja des remords annonçoient les tourmens.
Les timides desirs semblérent disparoître ;
S ils n'étoient immortels, ils auroient cessé d'étre.
  LE PLAISIR à l'instant connoissant ses
    erreurs,
Sans en être troublé, frémit de tant d'horreurs :
Dans cette foule infâme il s'ouvrit un passage ;
Et contraignit son frere à lui rendre un hommage.
Pour la derniere fois fléchissant les genoux,
Le traître en l'adorant en gémit de courroux :
Venant de le tromper, & prêt à le combattre,
Il sentit qu'un regard suffisoit pour l'abattre.
En détournant les yeux d'un pas plus afsûré,
L'aimable Dieu courut au voile révéré,
Qui séparant le Ciel d'avec la créature,
Couvre l'Etre premier qui régit la Nature.
Ce voile l'arrêta ; loin de le déchirer,
Sa main, s'il le pouvoit, craindroit de le tirer.
Voir ce tout, ce vrai bien, c'est tenter l'im-
    possible.
Il le croit bienfaisant, quoiqu'incompréhensible.
  AUX pieds de la Nature, à l'ombre du
    pouvoir,

Le Plaifir refpirant dans les bras du devoir,
Redevenu lui-même au fein de cet azile,
Sur tous les vains defirs jettoit un œil tranquile :
Son exemple inftruifant autant que fes avis,
Il vouloit par fes dons vaincre fes ennemis ;
Et traçant du bonheur la route invariable
Il montroit les moyens de le rendre durable.
Cependant de l'Excès les enfans déréglés
Par la fauffe efpérance à jamais aveuglés,
Se raffemblant en foule, environnant leur
   maître,
Des préjugés trompeurs couroient tous fe re-
   paître.
  La Folle ambition le plus grand des fléaux,
A leurs efforts confus promettoit le cahos ;
Et la témérité d'accord avec l'envie,
Du défordre & du bruit étoit par-tout fuivie.
Unis par la fureur, quoiqu'oppofés entr'eux,
Les vices s'élevoient en tourbillons nombreux,
Qui pouffés par l'Excès n'ayant plus de barriére,
Menaçoient les refforts de la Nature entiére :
Courant l'anéantir, ou lui donner des fers,
Leurs projets effrenés détruifoient l'Univers,
Ils le tentoient du moins ; & leur haleine im-
   pure
Profanoit le fejour qu'habite la Nature.
Le Plaifir étouffé par leurs fombres vapeurs,
Ceffoit de refpirer fes timides ardeurs :
L'impétueux Excès dans fon audace extrême,
Crut enchaîner fon frere & fa mere elle-même.
Il voulut pénétrer vers ces derniers fecrets,
Pour tout ce qui refpire inconnus à jamais
Sur leur axe à l'inftant les Aftres en trem-
   blerent ;
De nos Cieux raprochés les voûtes s'ébranlerent :
Dans l'immenfe infini mille foleils divers
Qui chacun autour d'eux réglent leur Univers,

Par leurs feux dévorants n'attirant plus les ondes,
Quoique prêts à finir, confumoient tous les
    mondes :
Les mers en s'étendant n'ayant plus de repos,
Cédoient au poids des airs qui comprimoient leurs
    eaux :
Les plantes déja dans leur courfe inégale,
Entre leurs vaftes corps laiffoient peu d'intervale;
Leurs Globes incertains tout-à-coup s'uniffant,
Faifoient pour fe mouvoir un effort impuiffant;
Et s'éloignant d'un pas de leur route éternelle,
La Nature alloit prendre une forme nouvelle,
Quand foudain s'éveillant, tout s'arrête : elle
    dit;
Et l'Excès de fon Temple eft pour jamais profcrit.
Il réfifte; il fuccombe; il fuit; tout eft (*) lu-
    miere ;
Et tout rentre à l'inftant dans fa regle premiere.
Il emmene avec lui la honte & les regrets ;
Suivi des paffions, du trouble & des forfaits ;
De l'affreux fanatifme à l'œil impitoyable,
Il en forme en montant une nuë effroyable,
Qui portant dans fes flancs les malheurs des
    humains,
En les verfant fur eux obéït aux deftins.
Telle auprès du Niger non loin de l'Ethiopie ;
De dix vents oppofés l'indomptable furie

(*) Ce Vers eft une foible imitation de l'Epitaphe Angloife
du Chevalier Newton.

    Nature and nature's law were hide in the night
    God faid that Newton he, and all was light

TRADUCTION.

    L'obfcurité régnoit fur la Nature entiere,
    Dieu dit que Newton foit; il eft ; tout eft lumiere.
Ma Traduction & l'imitation font bien éloignées de rendre la beauté de l'Anglois.

Meslant le sable & l'eau dans leurs noirs tour-
 billons ,
Cache le feu des Cieux qui s'échape en sillons :
Entr'ouvrant avec bruit leurs masses confondues ,
Ils épanchent des flots de gouttes corrompues ,
Dont le poison subtil (*) en pénétrant les chairs ,
Dans le corps des vivans vient engendrer des
 vers;
  S O U V E N T les Aquilons en poussant les
  tempêtes ,
Font passer sans effet la foudre sur nos têtes ;
Ils la chassent sans peine , éloignent le trépas ;
Et le lieu qui la fit n'entend point ses éclats :
De même la Nature en guidant ce nuage ,
Le presse , le contient , en suspend le ravage ;
Pour quelque tems encore elle lui donne un
 frein ;
La Terre avec effroi le vomit de son sein.
Les germes languissants , & les sources taries ,
Les arbres desséchés , & les plantes flétries ,
Annoncent son approche , il plane dans les airs ;
Vers les Cieux étonnés il porte les enfers.
Il couvre le soleil ; sous son ombre mortelle
Tout du morne dégoût sent l'atteinte cruelle.
De l'horrible sommet de ce trône orageux ,
L'Excès en voyant fuir tous les aimables jeux ,
Presque heureux dans sa rage , ayant le droit de
 nuire ,
Convoque les soutiens de son fatal Empire.
  T E L S on crut autrefois qu'à la voix de Pluton

(*) Les Pluies de l'Equinoxe sont si venimeuses sur les
bords de la Gambra & dans presque toute la Guinee , qu'elles engendrent des vers dans les endroits où elles tombent.
Cette maladie singuliere est commune dans ce pays Il s'é-
leve des Pustules sur la peau , & les vers qui sont fort grands
causent des douleurs inconcevables en la perçant.

Sortant du gouffre affreux du brûlant Phlégéton,
Rangés sur des monceaux de débris & d'écume,
Assis sur les vapeurs du souffre & du bithume,
Les Monstres du Ténare irritant leurs serpens,
Pour les crimes nouveaux inventoient des tour-
    mens :
   TELS on vit de l'Excès les coupables Ministres
Déja prêts à l'aider de leurs conseils sinistres,
Prodiguer à leur maître un funeste secours,
Et placés à ses pieds écouter ce discours.
O vous ! s'écria-t'il , que mon souffle a fait
    naître ,
L'homme va par ses maux apprendre à vous con-
    noître :
Bruïantes passions , desirs impétueux,
Contenez un instant vos cris tumultueux ;
Ou plûtôt que les miens volant d'un Pôle à
    l'autre ,
Mon trouble , s'il se peut , s'accroisse par le vôtre.
Ne les retenez point , ces cris sont faits pour moi ;
Ennemi de la regle , oüi , je suis votre Roy :
Je la fuis , je l'abhorre , & ne viens vous pres-
    crire
Que les sombres moyens de troubler , de dé-
    truire ,
De porter vos serpens dans le cœur des mortels ,
De les forcer enfin d'encenser vos Autels.
Long-tems je ne fus rien , c'est à la perfidie
Que je dois mon pouvoir ; vous lui devez la vie ;
Qu'elle nous guide encore ; & qu'un masque im-
    posteur
Couvre nos noirs projets d'un appas séducteur.
Pour vaincre le Plaisir employons tous ses charmes,
Qu'à ses plus tendres jeux succédent les allarmes ,
Que l'homme en les cherchant se perde en vains
    efforts ;
Qu'en son cœur déchiré les dévorans remords ,

I

D'un bonheur qui n'eſt plus , empoiſonnent l'em-
  preinte :
Que les ſoucis rongeurs , que le trouble & la
  crainte ,
Que le vuide de l'ame & l'horreur avec lui ,
Y forment les glaçons de l'accablant ennui ;
Que l'homme enfin en proye à ſa douleur ex-
  trême ,
Ne joüiſſe de rien , & s'évite lui-même.
Si la ſage raiſon prétend nous repouſſer ,
Le nom ſeul du Plaiſir ſuffit pour l'effacer ;
L'homme adore ſes loix , & n'en connoît point
  d'autres.
Pour ſoûmettre un rival , meſlons ſes feux aux
  nôtres ,
Qu'ils paſſent par vos mains , préparez vos four-
  neaux ;
Et pour changer leurs cours forgez mille canaux :
Que long-tems retenus dans ces routes obſcures ,
Qu'à jamas confondus dans vos flâmes impures ,
Nous couvrant tout entiers de leurs foibles lueurs ,
Ils nous rendent bien-tôt maîtres de tous les
  cœurs.
    Interet , ſoif ardente , ô baſſe jalouſie !
Qui portez dans vos flancs l'orgueil & l'infamie ,
Confondes avec vous l'utile ambition ;
Que ce fecond deſir devienne paſſion .
Il produit les vertus , qu'il enfante les crimes ,
Qu'il faſſe tout oſer , choiſiſſez vos victimes ;
Qu'il ſerve enfin de ſource & de voile aux forfaits :
Que l'humanité tremble , & connoiſſe l'Excès.
    Vous Monſtres mes Enfans , fantômes in-
  nombrables ,
Changez , prenez les traits de tous les goûts ai-
  mables ;
Que vos fronts où ſont peints les laſcives fureurs ,
Annoncent du Plaiſir les tranquilles douceurs :

Promettez du bonheur la brillante chimere ;
Pour dégoûter de tout , efforcez-vous de plaire ;
Répandez fur fes dons vos poifons différents ,
De qui vous obéit devenez les tyrans :
Qu'élevant vers le Ciel une plainte importune ,
L'homme heureux , s'il vouloit , accufe la For-
    tune.
Imitez , détruifez ; foiez digne de moi :
Et femez fur vos pas les malheurs & l'effroi.
Que n'ai-je pu de même en étouffant mon frere ,
Pénétrer avec vous dans le fein de ma mere ,
Confondre en un inftant l'air , la terre & les eaux ,
Et régnant , pour toûjours ramener le Cahos !

LE PLAISIR,
REVE.

SONGE QUATRIEME.

SOMMAIRE.

Les Vices exécutent les ordres de leur maître, & se répandent sur la terre. Le Plaisir rassemble tous ses enfans ; il leur donne des avis, & les envoye au secours des hommes. La raison les conduit ; elle croit avoir vaincu l'Excès. Les desirs lui montrent un fantôme qui ressemble à la Religion, & qui abaisse les livres du Destin ; elle méprise la réalité ; son char s'éleve, & se précipite par la lassitude de ses chevaux. L'Excès profite de cet instant pour l'enchaîner ainsi que les Plaisirs qui la suivoient. Elle voit que ce qu'elle a pris pour le livre du destin n'est que l'Opinion. Pouvoir de cette Divinité. Esclavage des Plaisirs depuis qu'elle est la maîtresse du monde. Monstres hideux dans lesquels elle les transforment quand il lui plait.

CES MOTS menaçants, la fausse
A   Politique
Pressa les longs détours de sa démarche
    oblique,
Oubliant sa lenteur, obéït à l'excès,

Et du nom des Plaisirs couvrit tous les forfaits.
Les Monstres embellis par sa main ténébreuse ,
Instruits déja dans l'art de sa langue trompeuse ,
Sçachant quand il falloit saisir l'occasion ,
Sous les traits du repos cachoient la passion :
Affectant les vertus de leurs formes nouvelles ,
Leur fureur retenoit ses moindres étincelles ;
Et sortant de la nuë en infectant les airs ,
Ils paroissoient entr'eux partager l'Univers.
    L E S Vents épouvantés retenant leurs ha-
    leines ,
Au sejour des humains les portoient avec peine :
De même en s'échapant dès que le jour s'enfuit ,
Présagers des malheurs , habitans de la nuit
Ces Oiseaux redoutés qui craignent la lumiere ,
D'une profonde tour emportent la poussiere ,
Volant avec lenteur en soüillent les Zephirs ,
Et troublent par leurs cris les amoureux soupirs.
    L E S forfaits descendant de la voute éthérée ,
Près des foibles mortels s'assûroient un entrée ;
Ils étonnoient les sens , ils séduisoient les yeux :
La raison s'égarant les prenoit pour des Dieux.
Ils promettoient des biens inconnus sur la terre.
On croit à qui nous vient du sejour du ton-
    nerre.
Surpassant le Plaisir , ils prodiguoient ses dons ,
Qui bien-tôt épuisés , cessoient d'être féconds ;
Leur ôtant les attraits de leurs graces naïves ,
Ils chassoient sans effort leurs flâmes fugitives :
Et d'un bonheur suivi rompant les tendres nœuds ,
Les Monstres à leur gré dispersoient tous ses
    feux ,
Construisoient de l'ennui l'effrayante barriére ,
Obscurcissoient l'éclat de leur vive lumiere ;
Et forgeant sous nos pas cent conduits sou-
    terrains ,
Le feu qui rend heureux se perdoit dans leurs mains :

Par celles du dégoût retenus dans leur courſe,
Tous ſes flots preſqu'éteints remontoient vers
　　leur ſource.
Leur maître qui voyoit dédaigner ſes préſens,
Raſſembla près de lui ſes timides enfans ;
Connoiſſant les deſſeins de ſon perfide frere,
Affligé ſans douleur, s'en plaignit ſans colere :
Un regard près de lui rappellant les deſirs,
Sur ce mont fortuné réünit les Plaiſirs :
A l'abry de l'Excès aux yeux de la Nature,
Ils ſongeoient aux moyens de vaincre l'impoſture.
　　LES PROMPTS épanchemens de cet aimable
　　　　Dieu,
Qui naiſſent d'un ſourire & volent en tout lieu,
Ces fils ſi variés qui nous le font connoître,
Noms charmans, ſous leſquels il ſe plaît à pa-
　　roître ;
Ces riens multipliés qui font le ſentiment ;
Dont le nombre enchanteur s'accroît dans un
　　inſtant,
Prenoient tous à ſa voix cent formes différentes
Balançoient ſans voler leurs aîles inconſtantes :
S'abattant à ſes pieds, fixés ſur ce côteau,
Ils offroient à leur pere un ſpectacle nouveau.
　　CEUX qui maîtres des cœurs inſpirent la ten-
　　　　dreſſe,
S'y mêloient avec ceux qui forment la ſageſſe ;
Les premiers folâtrant ſous des chaînes de fleurs,
Sentoient par les derniers modérer leurs ardeurs,
Tandis que par le vent de leurs aîles mouvantes,
Ils rendoient de ceux-ci les flâmes plus brillantes.
D'un pampre toûjours verd entourant ſon flambeau
L'un preſſant un raiſin, rendoit ſon feu plus beau ;
Et faiſant ſur ce jus petiller l'allégreſſe,
Ignoroit les horreurs compagnes de l'yvreſſe,
Celui-ci profitant d'un paiſible loiſir,
Se retraçoit l'objet qu'il avoit ſçû ſaiſir,

Par un prodige heureux qui trompe & nous en-
    flâme ,
En raviſſant l'eſprit donnoit des ſens à l'ame.
    PRINCIPES du ſçavoir , des Arts & des
    talens
Les goûts ne cachoient point leurs tréſors at-
    trayants :
Du ſçavant avenir montrant les découvertes ,
Les ſources du bonheur ſembloient toutes ouvertes,
Ces biens qui d'âge en âge en s'augmentant toû-
    jours ,
Nourriſſent les deſirs , entretiennent leurs cours ,
Qui des ſiecles paſſés nous montrent l'ignorance ,
Et du monde à jamais prolongeront l'enfance ,
Qui long-tems inconnus , nous laiſſent ignorer ,
Et viennent pas à pas pour nous faire eſpérer ,
Eternels & changeants , féconds , intariſſables ,
Déployoient l'infini de leurs charmes durables ;
Leurs groupes ſans deſordre en leur diverſité ,
S'aprochoient de leur maître avec facilité ;
De ſon temple brillant rempliſſant l'étendue ,
Leur foule ſans tumulte y ſembloit confonduë :
Sur ces murs lumineux leurs naïves ardeurs
Traçoient l'éclat mouvant des plus vives couleurs,
En comptant les ſoutiens de ſa toute puiſſance ,
A de nouveaux enfans le Dieu donnoit naiſ-
    ſance :
Il ſe plaiſoit à voir tous ſes feux répétés :
Du ſouffle des deſirs pour toûjours agités ,
Reproduits ſans finir , ſe diviſer , ſe joindre ,
Partager leur éclat ſans qu'il en devînt moindre.
    CEUX qui ſeront un jour , qui régnoient au-
    trefois ,
Qui ſoutiennent l'eſclave , & dominent les Rois ;
Ceux qui ſont parmi nous , ou qui dans l'Amé-
    rique
Guident d'un Mexiquain l'authomate ruſtique ,

Qui raprochant les mœurs de Rome & d'Ispahan ,
Réglent la Mithre altiére & l'orgueilleux Turban ,
Que la sagesse fuit , que cherche la folie ,
Qu'un instant semble éteindre , & qu'un rien
    multiplie ,
Sous des traits différens , sous des noms opposés ,
En jettant mille éclairs n'étoient point épuisés ;
Et tenant du Plaisir leur essence suprême ,
Sans jamais s'épuiser , renaissoient en lui-même :
D'accord , unis entr'eux , quoique se combattant ,
Ils ornoient son Autel qui brava tous les tems.
    PRESTS d'agir à son choix , cherchant la pré-
        férence
Ses dociles enfans écoutoient en silence :
Tels encore au berceau portant de foibles dards ,
Tous les fils de Vénus attendoient ses regards ;
Lorsqu'on feignoit jadis qu'aux champs de la Do-
    ride
Sa main guidant un tems leur troupe alors timide ,
Mit des plumes aux traits de tous ses nourrissons ,
Et pour tendre leur arc leur donnoit des leçons.
De même du Plaisir les organes vivantes ,
Folâtrant près de lui sous cent formes charmantes ,
Attendoient à ses pieds qu'il eût daigné vouloir :
Tous brûloient à la fois d'essayer leur pouvoir.
Mais le Dieu qui toûjours mit un frein à sa gloire ,
Eût en les prodiguant trop payé sa victoire ,
Son œil qui pouvoit seul les reconnoître entre
    eux ,
Nommant ceux qu'il chargeoit de créer des
    heureux ,
Elevant cette voix qui pénetre nos ames ,
Qui dans le sein des maux fait revivre ses flâmes ,
Qui de l'humble indigent peut embellir les jours ,
Qu'étouffe quelques-fois le tumulte des Cours ,
Que notre cœur entend , que l'esprit ne peut
    rendre ,

Il leur dicta des Loix qu'on ne peut trop apprendre.
Mes Enfans , leur dit-il , Plaifirs par qui
je fuis ,
L'Excès va triompher , montrez ce que je puis.
Nôtre empire finit , dès que le fien commence ;
Son foutien eft le crime , & le mien l'innocence :
Il ofe vous promettre , & fa main vous détruit ;
Sa force eft l'impofture , & le malheur fon fruit.
Les hommes aveuglés vont être fa victime ;
Des remords effrayans mes dons couvrent l'abîme :
Pour orner les forfaits , armés de vos appas
Ces monftres vont combattre , & ne vous crain-
dront pas.
Ils offrent plus que vous ; tout mortel en balance
Vous fuit , en vous cherchant ; les fuit par igno-
rance.
Allez ; & s'il fe peut que par vous dépouillés
Ils quittent pour jamais des traits qu'ils ont fouillés ;
Otez-leur tout l'éclat de leur fauffe parure ;
Montrez-les tels qu'enfin les vomit la Nature.
Qui les voit comme ils font pour la premiere
fois ,
Les détefte , frémit , & vole à moi fans choix ;
Mais l'effroi diffipé laiffe l'incertitude ;
Et l'horreur s'affoibli bien-tôt par l'habitude.
Pour enchaîner l'Excès il eft dèja trop tard ;
Je pourrois cependant le vaincre d'un regard :
Pour fauver les humains je n'aurois qu'à paroître ;
Mais le Deftin m'arrête , & lui feul eft mon
maître.
Un Arrêt éternel me retient en ces lieux ,
La terre eft profanée & blefferoit mes yeux ;
Renfermé déformais dans le fein de ma mere ,
On me croiroit fans vous une vaine chimere.
Invifibles moteurs de tout Etre animé ,
Craignez en me quittant , un fouffle envenimé ;
Des vapeurs qu'il exhale évitez les nuages :

K

Mon nom n'eſt plus gravé que dans l'ame des
    Sages.
Vous êtes menacés d'une affreuſe priſon ;
Ne pouvant vous guider , j'ai choiſi la raiſon ?
Par elle juſqu'à moi l'on peut porter la vûë ;
Mais l'homme de mes droits méconnoît l'étenduë.
Heureux qui par vos ſoins pourra m'appercevoir !
C'eſt ainſi que le ſort a borné mon pouvoir.
La raiſon eſt ma ſœur , elle va vous conduire ;
Mais l'Excès qui la craint , eſt prêt à la ſéduire.
Tant qu'aux ſentiers unis de la réalité ,
Elle fuira pour vous la triſte auſtérité ;
Tant qu'à guider vos pas elle mettra ſa gloire,
Plaiſirs , que j'ai formés , comptez ſur la victoire :
Le moindre d'entre vous , s'égalant preſque à moi ,
En la faiſant ſourire affermira ſa loy ;
Retenus par ſa voix , vous ſuccédant l'un l'autre ,
Vous ſeuls rendrez durables & ſon regne & le
    vôtre :
Si cependant vos bras portent jamais des fers ,
Songez que même alors vous reglez l'Univers.
    LE DIEU parloit encor , que d'une aîle ra-
    pide
La troupe des Plaiſirs courut chercher ſon guide.
Sous l'œil de la raiſon les deſirs aſſoupis ,
Près des portes du Temple étoient alors aſſis ;
Ranimés à l'inſtant , fiers de rompre leurs chaînes ,
Ils entraînent ſon char , elle en ſaiſit les rênes ;
Et tandis qu'aux Plaiſirs elle marque des rangs ,
De ſes Courſiers tardifs leurs mains preſſent les
    flancs.
Elle veut retenir leur folle impatience ;
Sa tête en ſe tournant marque la méfiance :
Mais bien-tôt elle céde au charme qui la ſuit ,
Elle rit ; le char vole ; & l'eſpace s'enfuit.
Tout s'ouvre devant elle , obéït , lui fait place ;
Et du centre bien-tôt elle eſt à la ſurface.

L'E x c e s qui l'attendoit , tremble dès qu'il
 la voit.
Tel un brouillard épais , lorfque le jour s'accroît,
Se raffemble en montant au bout de l'Emifphére ,
Annonce aux Moiffonneurs le mal qu'il leur va
 faire ,
Et d'un orage affreux menaçant leurs fillons,
Du foleil qui les chaffe arrête les rayons ;
De même de l'Excès les vapeurs diffipées ,
Craignant le nouveau jour dont elles font frapées.;
Raffemblent en fuyant les foucis ténébreux :
Et couvrant la raifon bravent encor les jeux.
 C e p e n d a n t elle avance , & fa voix re-
 doutable
Lance au fein de leur maître un trait inévitable ;
A l'inftant les Plaifirs adouciffant fes fons ,
Dans le cœur des mortels vont porter fes leçons.
L'Excès prefque vaincu laiffe échaper fes armes ,
L'illufion le quitte ; & le crime eft fans charmes :
L'homme qui l'adoroit , l'évite avec frayeur ;
Et ne voit plus en lui les vains traits du bonheur.
 D'u n lugubre Ciprès une branche allumée
Ne jette dans le jour qu'une épaiffe fumée ,
Sa lueur égara le voyageur féduit ;
Mais fa fombre clarté finit avec la nuit :
De même des forfaits les torches infernales
Perdent l'éclat affreux de leurs flâmes fatales ;
Les humains éclairés redeviennent heureux ;
Et l'aimable raifon régle , & comb'e leurs vœux.
Pour chercher l'ennemi qui lui livroit la guerre ,
Son regard pénétrant femble embraffer la terre ;
Elle apperçoit par-tout le devoir & la paix ,
Et les ris modérés qui ne ceffent jamais.
Elle croit pour toûjours l'homme fous fon em-
 pire :
Mais l'humaine raifon eft facile à féduire.
Elle appelloit fon frere , & déjà s'étonnoit

Qu'il craignît un féjour où fon nom dominoît ;
Les enfans du Plaifir avoient fait fa victoire ,
Elle ofoit l'appeller pour afsûrer fa gloire.

　　Tout-a-coup des defirs les pas tumul-
　　　tueux
Lui montrent dans les airs les vents impétueux ,
Qui portant à pas lents un trône invariable ,
Abaiffoient du Deftin le livre inexplicable.
Vers cet objet nouveau tous les defirs pouffés ,
Du retard d'un inftant paroiffoient couroucés ;
La raifon les retient , le contemple & l'admire :
Tout ce qu'elle y croit voir , la furprend &
　　l'attire.
Le fommet de ce Trône en reftant dans les Cieux ,
Par ce livre éclatant ébloüiffoit les yeux :
Le couvrant de fa main fans y porter la vûë ,
Sans lire fes Décrets marquant leur étendue ,
De la Religion le fantôme facré
Traçoit les noms divers de ce lieu révéré ;
On croyoit voir en lui la docile fageffe ,
L'orgueilleufe douceur & la fainte allegreffe.
Timide & menaçant , modefte , audacieux ,
Humble , mais fans égal , foûmis , impérieux ;
Barbare en fa pitié , d'une main charitable
Il montroit des regrets le glaive inévitable.
La perfuafion , l'attirante candeur ,
Des myftéres profonds qui voilent la grandeur ;
Appelloient la raifon , & fembloient lui promettre
D'inftruire en l'aveuglant qui voudroit fe fou-
　　mettre.
La raifon fçait les droits de la Divinité ,
L'adore en redoutant fa vafte immenfité :
A la Religion fa voix n'eft point contraire ,
Sçait même refpecter les erreurs du vulgaire ;
A la vraye avec joie elle offre fon fecours ,
La fonda , la foutient , l'aime , & la fuit toûjours :
L'encens qu'elle lui doit eft fon obéiffance.

　　　　　　　　　　　　　　　Du

Du Fantôme déja la fauſſe reſſemblance
Exigeoit ſon hommage ; elle marcha vers lui,
La prudente lenteur ne fut plus ſon appui.
Ses chevaux empreſſés couvrant leur frein d'é-
 cume,
Fouloient en l'allumant la foudre & le bitume ;
Les éclairs ſous leurs pieds naiſſoient de toute
 part ;
Par des bonds inégaux ils montoient au hazard :
Cherchant à s'appuyer ſur leurs rênes flotantes,
Ils ouvroient les naſaux de leurs têtes fumantes.
Malgré ſa peſanteur le char eſt emporté,
Il quitte le chemin de la réalité :
Guidé par les accens d'une voix prophéteſſe,
Il n'a plus pour ſoutien que ſa ſeule vîteſſe.
La raiſon croit juger du principe immortel,
Et ſon œil abuſé lui dépeint l'Eternel ;
Le revêtant des dons qu'il fit à la matiere,
Elle oſe le couvrir d'une forme groſſiere,
Comparer ſes vertus à celles des humains,
Balancer ſa juſtice, & borner ſes deſſeins :
Voulant trop pénétrer ſa ſageſſe profonde,
Elle oſa dédaigner le grand Livre du monde.
De la Nature alors elle entendit la voix ;
Mais l'auſtérité vint, & lui donna des Loix :
L'Eſſaim des vrais Plaiſirs prenant un front ſévére,
Perd au ſein de l'orgueil l'heureux talent de plaire.
 Cependant tel on voit un globe étin-
 celant,
N'étant plus ſoutenu du ſalpêtre brûlant,
Ceſſant de s'élever au ſejour du tonnerre,
Entraîné par ſon poids retomber vers la terre :
De même les Courſiers épuiſés, abbattus,
Tombent au même inſtant qu'ils ne s'élevent plus ;
Qui s'élevant trop haut balance ou ſe rebute,
En cherchant le repos voit commencer ſa chûte ;
Il reſléchit, s'arrête, il demande un appui ;

       L.

Le faux s'éclipse alors , & le vuide eft fous lui ;
La force avec l'efpoir auffi-tôt l'abandonne ,
Son audace l'effraye ; & fon malheur l'étonne.
　LA RAISON l'éprouvoit , & fentit cette horreur
Que nous caufe la crainte & la fin du bonheur.
Sur fon char en tombant elle refte panchée ,
Elle tend vers le Ciel une main deffechée ,
L'autre vers les Plaifirs fe porte fans deffein ;
Pour empêcher fa chûte ils s'efforcent en vain ;
Les rides de leur front , l'impuiffante vieilleffe ,
Avoient chaffé loin d'eux la riante jeuneffe ;
Se nourriffant d'idée , en leur épuifement ,
Ils confervoient à peine un foible mouvement.
Le char enfin s'abime , il fuit , fe précipite ;
Et l'Excès accomplit le forfait qu'il médite :
Il abat la raifon , jette un cri dans les airs ;
Terraffe les Plaifirs , & les charge de fers.
　LA RAISON eft vaincuë , & foulevant fes chaînes ,
Reconnoît fon erreur , fent accroître fes peines :
L'objet qui la frapa n'eft qu'un fantôme vain ;
Elle n'apperçoit plus le livre du Deftin ,
Tout change ; & fur le trône elle voit en fa place ,
La fombre Opinion qui regne & la menace.
L'Excès en la formant au fein du défefpoir ,
S'étoit affujetti lui-même à fon pouvoir ;
La prompte illufion la revêtit d'adreffe ,
Le Fanatifme altier la nomma fa maîtreffe ;
Ils avoient en l'ornant de leurs triftes bienfaits ,
Elevé ce vengeur qui furpaffoit l'Excès :
Cachant fa tête impie au milieu d'un nuage ,
De la Religion imitant le langage ,
Par l'art toûjours certain des preftiges trompeurs ,
Elle avoit fçû tracer le chemin des erreurs ,
Emouvoir des defirs la troupe turbulente ,
Et rendre pour jamais la raifon imprudente.

Et c'étoit elle enfin qui se joüant des Cieux,
Avoit feint de montrer leurs secrets à ses yeux,
Dont la main sacrilege & fertile en chimere,
Pour vaincre la raison la rendit téméraire.

    L'O P I N I O N alors se montrant comme elle
      est,
Sçût ranger les humains sous un joug qui leur plaît,
Posa les fondemens de son solide Empire,
Et dicta ses Decrets par la voix du délire :
Desporique tyran, Prothée ingénieux,
Elle leva sur nous son sceptre impérieux.
Régnant depuis ce tems sur la Nature entiére,
Elle répand par-tout ou l'ombre ou la lumiére,
Le frivole & le vrai lui sont tous deux soumis ;
Elle peut réünir les plus grands ennemis.
L'Excès, quand il le veut, emprunte sa puissance,
Elle respecte en lui l'autheur de sa naissance ;
Il guida presque seul nos antiques ayeux :
Il donnera des Loix peut-être à nos neveux.
S'il est moins apperçû dans le siecle où nous
      sommes,
C'est que l'Opinion le cache aux yeux des
      hommes.
Lorsqu'un caprice heureux l'arrache à ses avis,
Ceux du bon sens alors sont quelquefois suivis :
La tremblante raison malgré son esclavage,
Respirant un moment s'éveille, & parle au Sage ;
Mais sa bouche asservie & prête à se fermer,
S'efforce en réparant, se borne à se former.

    E L L E dicta des Loix, & l'on connut le
      crime ;
Elle encense à regret l'idole qui l'oprime :
Suivant les tems, les lieux, changeante à cha-
      que instant,
Contrainte d'adorer cet Oracle inconstant,
Ce qui dans un païs fait de nous un coupable,
Dans un autre climat nous rendroit estimable ;

Ce qu'elle approuva hier , est forfait aujourd'hui ;
Ces conseils incertains ne servent plus d'appui.
Les injustes Decrets d'un pouvoir arbitraire
La force de parler , ou la laissent se taire ;
Le vrai sans défenseur céde à l'Opinion ,
Elle régne ; & sa force est la prévention.
Le Dieu par qui tout vit , ne pourroit rien sans
　　　elle.
Quand de cette Colline une troupe nouvelle ,
Des Plaisirs trop vieillis va guérir la langueur ,
Et part pour ranimer les sources du bonheur.
Lorsqu'enfin par l'Excès la Nature affoiblie ,
Exige du Plaisir qu'il lui rende la vie ,
Ses aimables enfans pour voler jusqu'à nous ,
Vont de l'Opinion embraffer les genoux.
Dès que l'Autel sacré disparoît à leur vûë ,
Ils trouvent sous leurs pas une route inconnuë ;
Aux canaux ténébreux que construisit l'Excès ,
Ils combattent cent fois le trouble & les forfaits.
Vainqueurs , mais épuisés , ils montent sur la
　　　terre ;
Alors l'Opinion fait gronder son tonnerre ,
Les menace , les plaint des maux qu'ils ont
　　　soufferts ,
S'aproche , & par pitié les retient dans ses fers :
Mais sçachant qu'ici bas tout leur doit l'existence ,
Elle change leur forme , & corromp leur sub-
　　　stance ;
Par un mêlange affreux les unit aux forfaits ,
Et souvent sur leurs pas fait marcher les regrets.
Elle obscurcit les ris par mille soins sinistres :
Les Plaisirs , de l'Excès deviennent les ministres.
Quelquefois l'un d'entre eux à l'orgueil attaché ,
A ses tristes serpens donne un attrait caché ;
Les craintes , les travaux ne semblent plus des
　　　peines ,
On ne voit que le but ; & les douleurs sont vaines ;

On immole ses jours , son repos , son bonheur ,
Ses goûts & son devoir , ses vertus & l'honneur.
Vainement la Fortune a surpaſſé l'attente ;
Ce qu'on a n'eſt plus rien , dès lors la soif augmente ;
Ce desir effrené s'accroît par le succès ;
L'homme quoique au tombeau se consume en
        projets.
Les Peuples sont ingrats , les Princes despotiques ,
Les Miniſtres cruels , les Prêtres fanatiques ;
Thémis veut des Procès , les Guerriers des
        Combats ;
Et le riche devient l'oprobre des Etats.
    D A N S sa captivité la raison secourable
Crut l'injuſtice même au trouble préférable ,
Régla nos rangs , nos droits , & nos conditions :
L'égalité finit où sont les Paſſions.
L'Opinion permit cette foible barriere ,
La brave , la détruit , la franchit la premiere ,
Laiſſe prendre à l'Excès l'écorce des Plaiſirs ;
Et les attache au sort des coupables desirs.
Pour mieux faire sentir son pouvoir redoutable ,
Elle ose le couvrir d'un masque abominable ;
Les changer en forfaits , leur donner leurs fureurs ;
L'Excès devient par eux le maître de nos cœurs.
    Les enfans du Plaiſir aux pieds de la Déeſſe ,
Transformés d'un regard , y frémiſſent sanc ceſſe :
Son Trône eſt une nuë , il vole au gré du vent ,
Son sceptre une marotte , il lui sert trop souvent ;
D'un seul coup qu'elle en donne achevant ses
        miracles ,
Ces prodiges affreux ne trouvent point d'obſtacles.
    T E L L E Homére a dépeint la fille de la nuit ,
Sur son char ténébreux par Hécate conduit ,
Revenant d'achever ses coupables myſtéres ,
Empeſtant par des sucs les herbes salutaires ,
Puiſant dans l'Achéron , voyant les Cieux ou-
        verts ;

Contemplant à la fois les Dieux & les Enfers :
Telle alors de Scilla cette injuste rivale
Mêloit ces deux pouvoirs en sa coupe fatale ,
Aux Compagnons d'Ulysse offroit cette boisson
Qui dans leur corps changés répandoit son poison.
A CES Infortunés les Plaisirs trop semblables ,
Sous cette autre Circé deviennent méprisables :
En de vils animaux tous les Grecs transformés
Par leurs sens épaissis paroissoient oprimés ,
Leur raison leur restoit ; mais dans leur nouvel
   Etre
La Brute dominoit , l'instinct étoit le maître.
L'un d'eux Loup dévorant déchiroit un troupeau;
Celui-ci plus abject en infâme pourceau
Dans un bourbier fangeux troubloit une onde im-
   pure :
Ce Tableau ressemblant dégrade la Nature.
Cessons d'aprofondir les Plaisirs d'aujourd'hui ;
D'une longue douleur tôt ou tard naît l'ennui.
Dans les premiers momens les pleurs ont quel-
   ques charmes ;
Mais l'espoir doit bien-tôt venir sécher nos larmes ;
L'Opinion n'a point profané tous les jeux :
Le Plaisir peut encor former quelques heureux.

LE PLAISIR,
REVE.

SONGE CINQUIEME.

SOMMAIRE.

Étonnement où eſt l'Autheur de ce qu'il vient d'entendre ; doute dans lequel il eſt plongé ; la Nymphe pour le détruire, lui fait voir dans le vallon les différents États de la vie. Le premier ſpectacle qui ſe préſente à ſes yeux, lui montre des Bonzes hypocrites qui ſe croyent heureux. Il voit enſuite un Dervis pénitent & fanatique. Il eſt témoin d'une Bataille où il veut prendre part, en reconnoiſſant les Vainqueurs à leur amour pour leur Maître. Il eſt témoin du ſupplice de Charles premier, Roy d'Angleterre. Portrait de Cromwel & des Ambitieux. Conſolation de Charles en mourant par la main d'un Bourreau.

LA NYMPHE alors gardant un inſtant de ſilence,
Indécis, étonné, je reſtois en balance ;
Du Plaiſir en naiſſant fidelle adorateur,
Cependant je doutois qu'il fût de tout l'autheur ;
Mon eſprit rapellant ce qu'il venoit d'aprendre,

Ofant le comparer, ne pouvoit le comprendre.
  EH quoi donc ? me difois-je ; eft-ce vous, ô
    Plaifir !
Vous paifible amateur d'un tranquile loifir,
Qui fouffrez parmi nous que vos flâmes con-
    traintes
Nous faffent defirer les tourmens & les craints ?
Vous, de l'ambition vous caufez les accès ?
L'Opinion par vous feroit chérir l'Excès ?
Ces auftéres vertus qui devenant extrêmes,
Emportent les humains jufqu'à l'oubli d'eux-
    mêmes,
Ces rigoureufes loix que vous n'approuvez pas,
Ces immenfes projets, ces travaux, ces combats,
Quoi ? feroit-ce donc vous qui leur donnez des
    charmes ?
Qui principe caché du trouble & des allarmes . . . .
Que dis-je ? & ces mortels qui, nés pour le
    malheur,
D'un fort impitoyable éprouvent la riguenr ;
Qui font, quoiqu'accablés d'un travail merce-
    naire,
Menacés du befoin, preffés par la mifere ?
Qu'environnent les maux, & l'opprobre & la faim,
Qui tremblent en voyant venir le lendemain ?
Comment ? ces malheureux vous devroient-ils
    leur Etre ?
L'indigent opprimé vous auroit-il pour maître ?
Votre nom jufqu'à lui n'eft jamais parvenu ;
Plaifir, c'eft de nous feuls que vous êtes connu :
Il faut avoir reçû l'abondance en partage,
Pour de vos douces loix tirer quelqu'avantage.
L'Excès pour égarer n'employa point vos feux ;
Et vous n'êtes enfin que le Dieu des heureux.
O vous qui m'inftruifez ! adorable Immortelle,
Se peut-il, m'écriois-je. . . . arrêtez, me dit-elle,
C'eft affez, je fçais tout ; j'ai lû dans votre cœur ;

                                              Ici

Ici le préjugé ne fera point vainqueur :
Nous verrons fi dans peu vous douterez encore.
Le Plaifir par fes dons fert l'Excès qu'il abhorre,
C'eft le fécond agent de l'Etre univerfel ;
Et le premier moteur qu'employa l'Eternel.
Il chérit les Vertus, mais fait vivre les vices ;
Il condamne, & pourtant caufe les injuftices ;
Il eft de tous les tems & de tous les Etats ;
Au pauvre comme au riche il tend toûjours les
    bras :
Du mortel qu'on ignore au fein de la poufiére,
Il fçait, quand il lui plaît, embellir la carriére ;
Et la fource, & le prix du Sage & des Héros,
Il rend par fes bienfaits tous les hommes égaux.
Vous qui de le fervir vous fîtes une gloire,
Ecoutez, regardez ; & vous allez me croire.
Malgré l'Opinion & fes enchantemens,
Vos yeux pourront percer de vains déguifemens ;
Vous verrez avilir les feux de votre maître ;
Et vous fçaurez pourquoi l'on peut le méconnoître.
Entre ces deux côteaux raffemblons l'Univers :
Voyez & comparez tous ces mafques divers.
  P a r fon ordre à l'inftant une profonde nuë
Du vallon fous nos pieds vint remplir l'étenduë :
Se dépoüillant bien-tôt de fon obfcurité,
Son ombre en s'enfuyant fit place à la clarté.
Telle au tems de Pomone une naiffante aurore
Fait revivre à nos yeux les champs qu'elle co-
    lore,
Chaffe le refte épais de la fraîcheur des nuits ;
Et d'un riche Verger nous montre tous les fruits :
De même par degrés découvrant davantage,
J'apperçus des objets une vivante image.
  D'u n Bâtiment pompeux le bizare ornement
Fut le premier fujet de mon étonnement :
Dans leurs contours forcés fes voûtes verniffées,
Sous un toit chargé d'or, paroiffoient affaiffées ;

Une Idole effrayante au-deſſus d'un Autel
Reſpiroit la vapeur d'un encens criminel ;
Du chimérique FO (*) c'étoit le Temple impie :
Cent Chinois à ſes pieds ſembloient être ſans vie ;
Non de ceux qui toûjours ſuivant Confucius, (**)
Moins éclairés que nous , peut-être ont moins
     d'abus ;
Mais de ces ignorans , ſerviles Idolâtres ,
Qu'un triſte aveuglement rend plus opiniâtres ,
Qui coupables , tremblants , plus foibles que leurs
     Dieux ,
Tâchoient par des preſens de ſuborner les Cieux.
Près des nombreux degrés de ce faux Sanctuaire ,
Des Bonzes pénitens l'apareil mortuaire ,
M'offrit l'affreux tableau de l'aveugle ferveur ,
Qui ſubjuguant les ſens , fait chérir la douleur.
L'un d'eux (***) fixe , immobile , en la même
     poſture ,
Avoit vû par trois fois renaître la verdure :
Il nombroit la longueur de ſon cruel repos ;
Et faiſoit devant lui proſterner les Dévots.
     UN autre qu'entouroient des murailles pi-
     quantes ,
N'ayant pour tout appui que des pointes ſan-
     glantes ,
Se ventant d'acquerir l'inſenſibilité ,
Appaiſoit le couroux de la Divinité ,
Expioit les forfaits des Nations entiéres ,
Et pour des dons réels promettoit des prieres.
     SUR le front d'un troiſiéme un feu mira-
     culeux

_____

(*) Dieu des Chinois Idolâtres.
(**) Philoſophe Chinois dont la Morale reſſemble beau-
coup à là nôtre.
(***) On trouve dans l'Hiſtoire des Voyages la deſcription
des différentes folies que ces Prêtres Payens employent pour
ſe faire reſpecter du Peuple.

Remplissant de respect le vulgaire imbécile ;
A ce Prêtre imposteur rendoit sa flâme utile.
 PLEIN de pitié , d'effroy , de regret &
  d'horreur ,
Je plaignois ces Payens de leur funeste erreur :
Ils étoient à mes yeux d'autant plus misérables ,
Qu'aux Chinois éclairés ils sembloient méprisables.
  sables.
Mes regards tout-à-coup devenus pénétrants ,
Je vis le prix caché de leurs maux apparents.
Dans le fonds de leur cœur retenus par des
  chaînes ,
Un des fils de mon maître adoucissoit leurs peines ;
En un monstre hideux il étoit transformé ,
Le servile mensonge en sembloit animé ,
La foiblesse à l'abri de tout orgueil Stoïque ;
L'abject amour du gain , l'arrogance Cinique ;
L'ardeur de dominer , distribuant ses feux ,
Ces Bonzes satisfaits , se flattoient d'être heureux ;
Suportant le fardeau de leur hipocrisie ,
Les remords & l'ennui dont elle étoit suivie ,
Chérissant dès long-tems leurs farouches accès ;
Ils cherchoient le bonheur dans ces tristes Excès :
Respectés par le Peuple , & redoutés des autres ;
Ils croyoient leurs plaisirs préférables aux nôtres ;
Et trouvant des douceurs dans des efforts si
  grands ,
Ils adoroient les Cieux pour l'être des vivants.
 UN souffle loin de moi porta ces Fanatiques ;
Tels les froids oragans vers les Mers Atlantiques ;
D'une neige amassée enlevent les flocons ;
Les poussent devant eux , & font changer les
  monts.
 AU même instant je vis cette antique Mosquée ;
Où la Loy d'Ismaël (*) fut jadis pratiqueé ;

_____

(*) La Maison quarrée , où les Musulmans croyent

Murs qui par Mahomet n'ont point été détruits,
Qu'aprochent à genoux les Arabes séduits,
Qu'honora des Soudans la ferveur politique ;
Temple le moins pompeux , riche , humble & magnifique.
Il avoit fous fon ombre un zélé Mufulman ,
Cruel obfervateur du trop long (*) Ramadan ,
Qui s'étant par degrés privés de nourriture ,
Avoit à l'habitude afservi la Nature ;
Et vieillard famélique , épuifé par la faim ,
De ce tems rigoureux il attendoit la fin.
Affoibli fans regret , rempli de fon yvreffe ,
Il vengeoit Mahomet d'une folle jeuneffe ;
Du Prophete jadis hardi blafphémateur ,
Maintenant de fon crime outré réparateur ,
Du confus Alcoran méditant la chimere ,
Dans les bras des Houris il méprifoit la terre.
Ce Dervis expirant , mais non pas rebuté ,
Eût été fans douleurs , s'il n'avoit pas douté.
Le befoin rapellant fa raifon prefqu'éteinte ,
Arrachant fon bandeau , lui coûtoit une plainte ;
Etant perfuadé , mais non pas convaincu ,
Troublé , prêt à finir comme il avoit vêcu ,
Le Plaifir dans fon cœur animoit deux Furies;
Mourir en fanatique eft le fort des Impies :
Infenfés ! leur malheur eft de fe croire heureux ;
Ils font les moins à plaindre , & les plus dan-
gereux.
　ECOUTEZ, c'en eft trop , me dit ma con-
ductrice ,
Le Plaifir de l'Excès malgré lui le complice ,
Vous l'avez affez vû chez ces fombres humains ,
Nourriffant la fureur , promet des jours ferains :

---

qu'habitoit Abraham. Elle eft couverte en dehors d'Etoffes
précieufes , & le dedans eft revêtu de lames d'or.
　(*) Le Carême des Turcs.

Telle

Telle au fond d'un bucher, (*) ne trouvant point
    d'iffuë,
Sous un monceau de terre avec art retenuë,
D'un affreux Artifan récompenfant les foins,
La flâme eft invifible, & n'en agit pas moins ;
La branche en noirciffant n'en eft point confumée ,
Et pouffe dans les airs une épaiffe fumée ;
Mais au choc imprévû du changeant Aquilon
Une étincelle fort de ce noir tourbillon.
Mes yeux n'ont pû fixer ces exemples horribles ;
Il en eft de plus grands, mieux connus, plus
    terribles,
Leur nom feul me caufa de trop juftes terreurs :
Il rapelle ma joie, & fait couler mes pleurs.
Vous regarderez feul ces campagnes cruelles,
La victoire y marqua la fin de nos querelles :
Revoyez-les ces lieux où le plus grand des Rois
Travailloit à la paix par de nouveaux Exploits ;
Voyez les fentimens qui guidoient tous les autres,
Et qui pour lors auffi fans doute étoient les vôtres ;
Dans ce Temple timide ils font nommés Excès ;
Si le zêle en eft un, c'eft celui des François.
    DEJA c'en étoit fait, au combat ramenées ,
Mon œil impatient contemploit deux armées :
L'un & l'autre Parti fous fes Drapeaux fanglants,
Dans un morne repos rétabliffoit fes rangs.
Des glaives émouffés, & des armes rompuës,
Des Bataillons épars, des Troupes confonduës,
L'empreffement des Chefs, & l'ardeur des Soldats,

(*) Cette Comparaifon eft fi peu claire, que je me crois
obligé de dire pour qu'on m'entende, que j'ai voulu parler
d'une Charbonniere. Il y a bien des endroits dans cet Ouvrage informe, qui auroient befoin d'un pareil fecours : fi
j'avois mis une Note à chaque faute, il y en auroit autant
que de Vers. Heureux celui qui fans fe rendre coupable à fes
propres yeux, peut employer fon temps à corriger ce qu'il
a fait.

N

Me peignoient ces inftans où , retenant leurs bras ;
Avant de décider du deftin de la terre ,
Mars voulant mieux fraper , ralentit fon ton-
    nerre :
Le trouble eft réparé , les poftes font repris ;
Et des bleffés alors on n'entend que les cris.
  A côtE' d'une plaine on voyoit une pente ;
Le carnage abreuvoit cette croupe gliffante ;
Un hameau confumé , des Vergers pleins de
    morts ,
Sembloient les triftes prix qui caufoient tant
    d'efforts ,
Jadis le Villageois raffemblant des branchages ,
Avoit d'un mur vivant fermé fes pâturages ;
De ce rempart utile attendant des fecours ,
Des Guerriers menaçants en fuivoient les contours,
Ils fe couvroient encor de ces feuilles fumantes ,
Qui de leur fang verfé paroiffoient dégoutantes ;
De la Reine des mers enfans & défenfeurs ,
Ennemis généreux , quand ils font les vainqueurs ;
Qui dans l'adverfité devenant implacables ,
Barbares par hauteur , nous paroiffent coupables ;
Et qui de ce grand jour foutenant tout le poids ,
Dans ce Pofte important étoient rentrés trois fois,
D'un front inébranlable ils bravoient la tempête
Qui s'avançoit vers eux & grondoit fur leur tête ;
Leur orgueil éloignoit toute ombre de terreur ;
Farouches combattants , courageux par fureur ,
Ils alloient , on l'eût crû , venger leur propre ou-
    trage :
N'agiffant que pour eux , & n'écoutant que leur
    rage ,
Et nageant dans le fang qu'ils avoient fait couler
Ils fentoient du plaifir à fe faire immoler :
Leur valeur étoit haine , & la pâle vengeance
Dans leurs fombres regards peignoit fa violence ;
Leur courroux frémiffant chaffoit l'humanité ;

L'Excès dans l'héroïsme est la férocité :
Si le Ciel eût tenté de les réduire en poudre ,
Leurs yeux sans se baisser, auroient jugé la foudre.

VOULANT les terrasser presque sans les haïr ,
Estimant leur courage , & voulant le punir ;
Les trouvant dignes d'eux , aimant leur résistance ,
Déja leurs ennemis s'ébranloient en silence :
Leur Roy qui les guidoit , partageoit leur danger :
Et ne pensant qu'au leur , daignoit s'en affliger.
Ce n'est point au Sujet à parler de son Maître ;
Qui peint mal ses vertus , à mes yeux est un
  traître ;
L'Excès n'entre jamais dans l'ame des grands Rois ;
Conquérant malgré lui , pere en tout tems par
  choix ,
Humain , quoique Monarque , ami dans les al-
  larmes ,
Se couvrant de lauriers , il en cachoit ses larmes.
Marchant sous ses regards , s'avançant à pas lents ,
Ses Soldats à regret étoient obéissants ;
Par la voix de leur Chef leur ardeur retenuë ,
Du terrain reperdu dévoroit l'étenduë ;
Lorsque l'airain tonnant qui frapant de plus près ,
Par une seule bouche enfanta mille traits ,
Reporta dans leurs rangs le trouble & le carnage ;
Mais bien-tôt réparé , s'unissant davantage ,
L'ordre empêcha le vuide , on ne voit plus qu'un
  corps ;
Et déja les vivans ont remplacé les morts.

D'UN mouvement égal cependant on s'avance ,
Encor quelques instans , il n'est plus de distance ;
Le péril s'est accrû , le feu va s'allumer ;
Le soufre dirigé (*) d'un mot va s'enflâmer ;
La Mort baisse sa faux & choisit ses victimes ;

_____

(*) Cé Vers sera entendu par ceux qui sçavent que le Com-
mandement d'*enjoue* précéde celui de *feu*.

N ij

Encor un pas , & Mars met le comble à ses crimes:
La Nature en pâlit , un calme plein d'horreur ,
A qui voit sans combattre , inspire la terreur.
Dans ce moment si long , difficile à décrire ,
Où le Héros sourit , mais où l'homme soupire ,
Je lûs dans tous les cœurs ; loin d'y voir de
    l'effroy ,
J'y trouvai le bonheur , sous les traits de leur Roy :
Instruits à l'adorer dès leur plus tendre enfance ,
Le servant par amour & par reconnoissance ,
Se croyant ses enfans bien plus que ses Sujets ,
Remplis de son image , ils comptoient ses bienfaits :
Ses regards échauffant leur valeur naturelle ,
La mort même , à ses yeux leur avoit semblé
    belle ;
Ils alloient par leur sang s'acquitter envers lui :
Que ne peut point un bras dont le zèle est l'appui ?
Cet heureux sentiment nourrissant leur audace ,
La crainte dans leur sein n'eût point trouvé de
    place.
Les uns nés pour l'aimer , rivaux de leurs ayeux ,
Vouloient les surpasser , & le servoient comme
    eux ;
Héritiers de leurs noms, soutiens de leur memoire ;
Et par là d'autant plus attachés à sa gloire .
Par ces liens puissans souvent trop peu connus ,
Lui devant davantage avoient plus de vertus :
Des siécles oubliés qu'illustroient leurs ancêtres ,
Ils conservoient le droit de mourir pour leurs
    Maîtres.
D'autres à ces premiers osant paroître égaux ,
L'étoient presqu'en effet imitant leurs travaux ;
Et voulant que leur nom pût au moins leur sur-
    vivre ,
Laissoient à leurs enfans des exemples à suivre.
Tous n'avoient qu'un seul guide , il les unissoit
    tous ;

Leur cœur leur en fervoit ; l'un de l'autre jaloux ,
Enflâmés pour leur Roy d'un zêle héréditaire ,
Leur feule crainte étoit de ne pouvoir lui plaire.
Conduits par le Plaifir , volant vers le trépas ,
Ils bravoient les dangers , ou ne les voyoient pas ;
Et cédant aux tranfports d'une jufte tendreffe ,
Ils marchoient au combat , du fein de l'allégreffe :
Tandis que de leur Maître ils étoient occupés ,
Le feu part , le plomb vole , & les coups font
    frapés.
Déja près d'attaquer la formidable haye ,
Ce rempart hériffé n'a rien qui les effraye ;
Je les vois s'élancer , leur choc impétueux
Ne laiffe plus le tems d'allumer d'autres feux :
Ils ménagent les leurs , percent d'une main sûre ;
La flâme alors du fer élargit la bleffure ;
Et l'inflexible orgueil , la fombre fermeté
Cédent en frémiffant à la rapidité.
Leur ennemi fuccombe , il ne peut le comprendre :
L'Excès dans le courage en tout tems fçait fur-
    prendre :
L'attaquant , court , l'emporte ; & le Pofte eft
    repris.
Le vaincu fuit , revient , ranime fes efprits ;
Par défefpoir encore il fe couvre de gloire :
Mais au nom de leur Maître appellant la victoire ,
Les vainqueurs par ce nom sûrs de vaincre toû-
    jours ,
Prêts à mourir pour lui , font des vœux pour fes
    jours :
De leurs cris redoublés tous ces champs reten-
    tiffent ,
Les Mourants ranimés à leurs tranfports s'uniffent ;
Leur Roy va triompher , c'en eft affez pour eux ;
Si leur mort eft utile , ils expirent heureux.
Entraîné par l'ardeur que ces cris faifoient naître ,
J'examinois ces lieux , je crus les reconnoître ;

Aux tendres sentimens des fidelles Sujets ;
Mon cœur ne douta plus qu'ils ne fussent François.
Honteux d'avoir douté, voyant tant de courage,
Honteux de mon repos, sans tarder davantage,
Brûlant d'être avec eux, précipitant mes pas
J'avançois. ... je ne vis ni vainqueurs ni combats ;
Ce tableau séducteur devint une ombre vaine
Qu'emporte le Zéphir, & qu'il détruit sans peine :
De mon illusion je connus les effets.

ᴇsᴛ-ᴄᴇ ici, dis-je alors, le séjour des regrets ?
O Nymphe ! falloit-il me causer tant de joye,
Pour me laisser si-tôt à mes desirs en proye ?
Il ne reviendra plus ce temps, cet heureux temps ;
Il faudra dans la paix consumer tous nos ans,
Courtisans ignorés, Citoyens inutiles,
Gémir dans le repos ou languir dans des Villes,
Y chercher des Soldats, s'y nourrir de projets,
Parler toûjours de guerre, & ne la voir jamais.
Notre Roi nous connoît, pour lui tout est pos-
    sible.
Doit-on cesser de vaincre en étant invincible ?
Il l'a fait, il l'a pû, Prince humain, bienfaisant ;
D'un zêle qu'il retient il est reconnoissant :
Du Trône devant nous abaissant la barriere.
Il sçait se dépoüiller de son trop de lumiere ;
Dans ses délassemens daignant nous faire entrer ;
Son grand cœur par bonté s'y laisse pénetrer :
Plus nous le connoissons, plus le nôtre l'adore ;
Plus il accroît par là le feu qui nous dévore,
Ce feu de le servir qui nous consume tous ;
Qu'un seul regard redouble, & qui naît avec nous,
Si pour la rendre heureuse il subjuguoit la terre,
Tous nos voisins devroient leur bonheur à la
    guerre ;
Quand ils seront vaincus, ils seront ses Sujets,
Et mettront leur défaite au rang de ses bienfaits.
Il le doit, ... Arrêtez, vous êtes condamnable ;

D'un crime si commun j'aime à vous voir cou-
    pable ,
Dit en m'interrompant celle qui me guidoit :
Que de trouble & de sang si ce Roy vous croyoit !
Plus que son interêt il chérit la justice ;
Il a sçû le proüver par plus d'un sacrifice :
Vôtre exemple aux combats , vôtre Dieu dans
    la paix.
Regardez en vous-même , & vous verrez l'Excès.
    Exce's ou bien vertu , qu'importe ? répon-
    dis-je ;
Vivre sans le servir , voilà ce qui m'afflige :
Il nous faut des combats , ou nous ne sommes
    rien ;
Ils font nôtre Elément , & la gloire est le sien.
Alors plein de dépit sans lire dans mon ame ,
Craignant d'aprofondir ce desir qui m'enflâme ,
D'y voir en Philosophe , & d'être moins François ,
Mon œil impatient chercha d'autres objets.
    Je découvris les Murs qu'arrose la Ta-
    mise ,
Du crime de ses bords son onde étoit surprise ;
Et prêts à voir tomber la tête de leur Roy ,
Ses flots tout fiers qu'ils font , couloient avec
    effroy.
La superbe Albion se montroit à ma vûë
Avec moins de richesse , & bien moins d'étenduë ;
Victime des fureurs de ses propres enfans.
Déja d'Elizabeth on oublioit les ans.
Des Lancastres d'Yorck on retrouvoit les traces ;
Et beauté trop altiere il lui manquoit des graces.
De son Gouvernement les différents ressorts
Pour s'accorder entre eux s'épuisoient en efforts ;
Et prête à s'affoiblir sous deux Rois sans prudence ,
Il manquoit un forfait encore à sa puissance.
A ce Peuple aujourd'hui jaloux de son repos ,
Il faut pour commander un Sage ou des Héros ;

Il fuporte le joug , mais il veut qu'on le cache ;
Il a befoin d'un Maître , & craint trop qu'on le
    fçache :
Il veut atteindre en tout à la perfection ,
Grand même en fon erreur , fenfé par paffion.
Tranquile maintenant au fein de l'abondance ,
Croyant de l'Univers foutenir la balance ,
Libre quoique foumis , fage enfin par fes maux ;
Dès qu'il veut être aimable , il n'a plus de défauts.
Mais long-tems de fes Droits défenfeur fanatique
Le dernier Citoyen infenfé Politique ,
Crut que l'Etat entier s'écrouleroit fans lui ;
Servant à le détruire , il s'en nommoit l'appui.
Ce délire effrayant dans cette Ville immenfe ,
Répandoit fous mes yeux fa fatale influence :
De tous fes Habitans les tranfports furieux
Craignoient de s'exhaler en cris féditieux.
Pour mieux brifer le Sceptre employant la juftice ;
De leur Roy légitime (*) ils voyoient le fuplice ;
De fon Trône abbatu coupables réfléchis ,
Pour faire un échaffaut ils prenoient les débris ;
Lui laiffant l'appareil de la Grandeur fuprême ,
Ils fembloient fe venger de la Royauté même :
Jaloux que le Ciel feul eût droit de le punir ,
Voulant par cet exemple effrayer l'avenir ,
En imitant les Loix fecours de l'innocence ,
Ils avoient fans frémir entendu fa fentence ;
Et le livrant fans honte au pouvoir d'un Boureau ;
Le voyoient menacer d'un infame couteau.
Je le vis ce Mortel (**) dont la prudente audace
L'immoloit par leurs mains , & régnoit en fa
    place ;
Ce Héros criminel connu par des forfaits ,
Le modéle des Rois , l'oprobre des Sujets ,

(*) Charles premier.
(**) Olivier Cromwel.

Qui

Qui né pour obéir aſſervit l'Angleterre,
Et mérita l'eſtime & l'horreur de la terre :
De ce Peuple rebelle inviſible moteur,
Prêtre, Guerrier, Miniſtre & ſurtout impoſteur,
Nonchalament aſſis, d'un œil impénétrable
Contemplant à loiſir ce ſpectacle effroyable,
Sans terreur & ſans trouble, il regardoit ſon Roy,
Comme un infortuné condamné par la Loy ;
Et portant la fureur juſqu'à vouloir le plaindre,
Il alloit le pleurer en ceſſant de le craindre.

PENETRANT de ſon cœur les replis té-
 nébreux,
J'y trouvai le Plaiſir, mais ſous des traits affreux.
Des Monſtres différents animés par ſes flâmes
Séducteurs tout puiſſants tyrans des grandes âmes,
Faiſoient que les dangers n'avoient pû l'étonner :
Il ſe croyoit heureux, puiſqu'il alloit régner.
L'ambition ſans borne avec la perfidie,
L'impiété qui va juſqu'à l'hypocriſie,
Le courage effrayant qui ne redoute rien,
Qui prend quand il le faut l'adreſſe pour ſoutien ;
De toutes les Vertus la fatale apparence,
L'inébranlable orgueil, l'active prévoyance,
A ce comble d'horreur l'avoient tous fait monter :
Il en cüeilloit le fruit & ſembloit le goûter.
Mais ces Plaiſirs amers n'étoient point véritables ;
Il n'en exiſte pas dans le cœur des coupables :
Et je connus combien il lui coûtoit d'efforts
Pour voiler ſes tourmens & trahir ſes remords.
Son front de les cacher ſe faiſant une étude,
Sçut depuis en mourant en garder l'habitude :
Il finit ſans effroy comme un Roy vertueux ;
On crut qu'Uſurpateur il étoit mort heureux.
Mais je vis aiſément qu'en vain il vouloit l'être ;
Le vray bonheur n'eſt point le partage d'un
 traître :
En vain tout ſecondoit ſes funeſtes projets,

O

De l'aimable innocence il lui manquoit la paix.
  Du bonheur cependant la trompeuse appa-
    rence
Nourriſſoit ſa fureur, fit ſa perſévérance,
'Le guida, le ſoutint au milieu des revers ;
Lui fit vaincre & braver mille obſtacles divers ;
Et lui faiſant des dons que l'Excès rend terribles ;
Lui donnant des vertus, fit ſes crimes poſſibles.
  EPOUVANTE' de voir, que de pareils
    forfaits
De l'eſpoir d'être heureux devinſſent les effets,
Et que l'Opinion conſommant ſon ouvrage,
Pût forcer le Plaiſir à faire aimer la rage ;
Cherchant s'il en étoit au ſein de la douleur,
J'examinai ce Roy qu'accabloit le malheur.
Sur un Trône orageux imprudent par moleſſe ;
Facile ou trop altier, trop hardi par foibleſſe,
Tantôt entreprenant, voulant braver les Loix,
Tantôt foible & timide abandonnant ſes droits,
Sans regle & par caprice oſant agir en maître ;
Aſſez fier pour l'oſer, mais trop foible pour
    l'être,
Sans crime, ſans vertus, n'ayant que des défauts ;
Il avoit par degrés mérité tous ces maux.
Dans ſon propre Palais attendant ſon ſupplice
Son Peuple de ſa mort devenoit le complice.,
Il ſe voyoit ravir ces pompeux Ornemens,
Ces marques dont jadis il décoroit les Grands :
Les Inſtrumens affreux employés pour les peines ;
Un Billot menaçant, des Anneaux & des Chaînes ;
L'inévitable Fer qu'on lui cachoit en vain,
Tout augmentoit l'horreur d'un ſi honteux deſtin.
Il n'avoit pû garder un généreux ſilence ;
Et s'étoit avili par ſa vaine éloquence.
Alors ſe rapellant qu'il avoit été Roy,
Le ſignal de ma mort, dit-il, viendra de moy :
Je veux vous épargner au moins ce dernier crime ;

Et reglerai vos coups quoique votre victime.
Se livrant à son sort avec tranquillité,
Il brava cet inftant qu'il avoit redouté ;
J'aperçus dans son cœur, je lus fur son visage
L'inaltérable paix qui naît du vrai courage :
La fin de l'espérance éloigne les frayeurs :
D'un nouveau sentiment il sentit les douceurs ;
Content d'un tel effort il s'admire lui-même :
La fermeté de l'ame est le bonheur suprême ;
Et son cœur sans remords se croyant innocent,
Pour la premiere fois se vit indépendant.
Son orgueil revolté bannissant la foiblesse,
L'audace lui prêta sa favorable yvresse :
Sa raison pénétrant le profond avenir,
Perdant de sa Grandeur le triste souvenir,
Adorant du Très-Haut la sagesse infinie,
Se repaissoit des biens promis dans l'autre vie :
Sans crainte & sans retard bravant le coup fatal,
Sa main avec plaisir en donna le signal.
On n'o éit que trop ; & la fer homicide . . .
Je ne regardai point cet affreux parricide ;
Mais ne pus me cacher dans mon étonnement,
Qu'on goûtoit du Plaisir même au dernier
moment.

LE PLAISIR,
REVE.

SONGE SIXIEME.

SOMMAIRE.

Equilibre des Conditions. Les Indigents, & ceux qui vivent du travail de leurs mains, moins à plaindre qu'on ne croit. Comparaison des différents Etats. Un Prince redouté par sa Puissance & encore plus admiré par ses Vertus, est attaqué par le dégoût. Il peut cesser d'être heureux. Une Femme, dont le mérite surpasse encore la beauté, assure son bonheur. Portrait de cette Femme. Description de trois lieux qu'elle embellit par sa présence. Tout redevient Plaisir pour ce Prince, il ne dédaigne point les amusemens les plus champêtres Peinture d'une Laiterie. L'Autheur examinant celle qui cause ses merveilles, la trouve ressemblante à la Nymphe; qui ne voulant point se faire connoître, le fait entrer dans le Temple. Enfans qu'il trouve dans le premier parvis. La Volupté est près du centre. Agnès Sorel, Maîtresse de Charles VII. Roy de France, sert de Prêtresse à cette Divinité. La Sagesse tient la porte du Sanctuaire.

Sanctuaire. Il s'ouvre. L'Autheur voit le feu qui brûle sur l'Autel. La Nymphe qui est le Plaisir lui-même, quitte son voile. La ressemblance que le Plaisir a prise, est celle de son plus parfait Ouvrage. Il donne ses derniers conseils à l'Autheur, dont le Songe finit par l'arrivée de la femme qui devoit le venir trouver dans sa Retraite.

✸✝✝✸ O U S connoissez, me dit ma sage Con-
✝✝ V ✝✝ ductrice,
✸✝✝✸ La douceur que l'on trouve en un grand
     sacrifice :
L'orgueil peut aisément ranimer la vertu
Dans un débile cœur par la crainte abbatu ;
Lui donner de la force au lieu de l'espérance ;
Le rendre heureux enfin jusques dans la souffrance,
C'est trop peu d'avoir vû l'ingénieux Plaisir
Dans les bras de la mort satisfaire un desir ;
Voyez-le maintenant prêter aux misérables,
Des biens créés pour eux, & des goûts secou-
     rables,
Vouloir que la grandeur soit à charge sans lui,
Abandonner le riche aux pavots de l'ennui ;
Dans nos conditions mettre un juste équilibre
Qui menace le Trône, & rend l'esclave libre.
     J E N E décrirai point les hommes, ni les
     lieux,
Ni les divers Etats qui fraperent mes yeux :
Ce que je vis alors ne pourroit se dépeindre ;
Qui croiroit comme moi qu'on n'est jamais à
     plaindre ?
Je vis de ces Mortels le cœur toûjours content,
Qui sans biens, mais sans soins, travaillent en
     chantant :
Dans les jours de repos, qui bornent la semaine,
Dans les bras de la joye ils reprennent haleine ;
     Endurcis aux travaux, ignorant les chagrins,

Riches par leur santé, leur tréfor eſt leurs mains;
  JE VIS un Bucheron chargé de ſa coignée,
Remportant avec lui le fruit de ſa journée,
Après avoir ſix mois habité les Forêts,
Pour rejoindre ſes monts traverſer les guérets :
Il embraſſoit ſa femme, il careſſoit ſa fille,
Il portoit l'abondance au ſein de ſa famille ;
Ce Montagnard obſcur retrouvoit des parens,
Ce bonheur aujourd'hui n'eſt plus celui des
    Grands.
L'Artiſan deſſéché par le feu qu'il allume,
Qui fait plier le fer, & fait gémir l'enclume ;
Le Laboureur tardif armé d'un éguillon,
S'appuyant ſur le ſoc pour ouvrir un ſillon ;
Le Manœuvre englouti dans le ſein de la terre,
Qui cherche les Métaux, ou détache la pierre ;
L'Autheur dont le travail eſt l'effet du beſoin ;
L'indigent orgueilleux qui quête ſans témoin ;
Le Vieillard menacé du coup inévitable ;
Le Negre enrichiſſant un Maître impitoyable ;
Le malade au tombeau ; le forçat dans les fers ;
Les Tableaux différents de mille Etats divers,
Offrirent à mes yeux par un juſte partage
Des Plaiſirs en tout tems, & des goûts à tout
    âge.
  SUIVANT tous les degrés de nos conditions,
Changeant tous leurs objets, & leurs impreſſions,
Des deſirs mépriſés, qui ne ſont point les nôtres,
Quoiqu'ignorés par nous rendoient heureux les
    autres.
Les biens que l'Opulence attache à tous nos pas,
Font l'objet des deſirs de qui ne les a pas.
L'impérieux mortel qui riche dès l'enfance,
Satisfait en naiſſant, s'endort dans l'abondance ;
Celui qui s'ennyvrant d'un trop prompt chan-
    gement,
Fait rougir la Fortune & croît dans un moment.

Qui tel qu'un faule humide épuife en vain fa force,
Qui fans bois & fans tronc, eft revêtu d'écorce,
Plus prompt que le Peuplier il brave les hyvers,
Sa tige eft dans la vafe, & fon front dans les airs ;
Le jeune Courtifan dont le fçavoir futile,
Eft de traîner par-tout fa préfence inutile,
Qui bien-tôt prenant part dans les grands interêts,
S'inftruit dans l'art de feindre & forme des
        projets,
Qui fe faifant du crime une longue habitude
Apprend à le porter jufqu'à l'ingratitude ;
Le Guerrier fatigué dans fon oifiveté ;
Le Miniftre immolant jufqu'à fa liberté ;
Le Favori fuperbe ouvrage d'un caprice,
Croyant fous tous fes pas fentir un précipice ;
La naïve peinture, & les traits reffemblants
Qui m'aprirent le vrai de tant d'Etats brillants,
Me montroient qu'un deftin qui paroît mé-
        prifable,
Au poids d'un faux bonheur eft fouvent pré-
        férable.
Le Manœuvre abruti dans fa groffiereté,
A pour vaincre fes maux l'infenfibilité :
D'un mal qu'on ne fent point l'atteinte eft toûjours
        vaine :
Pour lui tout eft plaifir ; pour nous un rien eft
        peine ;
Le Plaifir avec nous s'envole, ou veut des foins ;
Voulant trop en goûter, nous en fentons bien
        moins.
    LE DERNIER des objets qui vint fraper
        ma vûë,
M'offrit en m'effrayant une image imprévuë :
Des Paftres fatisfaits, des indigens heureux
Venoient par leurs defirs & par leurs tendres jeux,
De me rendre certain que bien loin d'être éteintes
Les flâmes du bonheur empruntant d'autres teintes,

Pénétroient dans leur fein par des chemins plus
　　fûrs,
Leurs Plaifirs moins brillants n'en étoient que
　　plus purs :
Leurs danfes & leurs jeux m'avoient peint l'al-
　　légreffe ,
Dans les nôtres la regle amène la trifteffe.
Déja je partageois leur bruyante gayté ,
Quand ce Tableau fuyant avec rapidité ,
J'apperçus un Palais dont la grandeur immenfe
Du Roy qui l'habitoit m'annonçoit la puiffance.
　　Ce Prince redouté , pacifique & vain-
　　queur ,
De fes moindres Sujets avoit gagné le cœur ;
Maître prefque en naiffant , cependant toûjours
　　jufte ,
Auffi grand que Cefar , & plus aimé qu'Augufte ,
Tenant feul en fes mains les rênes de l'Etat ,
Son Trône lui devoit fa force & fon éclat :
Sa gloire enfin croiffoit ainfi que fes années.
Il tenoit fous fes loix les Ifles fortunées
Pays vafte & peuplé , climat riche & charmant ,
Où toutes les Saifons régnoient également ;
Où la terre docile à la moindre culture ,
Raffembloit tous les dons de la fage Nature.
Son peuple audacieux dans fa frivolité ,
Soumis , fage , & fidelle en fa légéreté ,
De pouvoir , d'ofer tout étant toûjours capable ,
N'avoit d'autre défaut que d'être trop aimable.
Aux traits éblouiffans qui forment les Héros ,
Joignant mille vertus qui charment le repos ,
Ce Prince revêtu de la Grandeur fuprême ,
Sembloit à tous les yeux la devoir à lui-même :
Bienfaifant , pere , ami , fans ceffer d'être Roy ,
Sans Sceptre , & fans ayeux il eût donné la
　　loy.
Ce Monarque puiffant & cet aimable maître ,

En faifant des heureux pouvoit ceffér de l'être ;
Je vis fur fon Palais les aîles de l'ennui,
Qui des Antres du Nord s'étendoient jufqu'à lui :
Portés fur des giaçons, entourés de ténébres,
Déployant l'épaiffeur de leurs voiles funebres,
Les dégoûts accablants, jaloux de fon bonheur,
Par leur fouffle mortel vouloient glacer fon cœur.
Au comble des grandeurs, au faîte de la gloire,
Suivi par les Plaifirs, guidé par la Victoire,
Cherchant s'il lui reftoit des biens à defirer,
En les poffedant tous, il ceffoit d'efpérer ;
Ses travaux feulement, foutenoient fa grande
    âme ;
Et du bonheur encor faifoient vivre la flâme.
Pour qui les eut toûjours les honneurs font un
    poids.
Qui naît dans les Plaifirs, devient fourd à leur
    voix.
Je frémiffois de voir que dans le rang fuprême
Le dégoût menaçât jufqu'à la vertu même ;
Lorfqu'un objet charmant éloignant la langueur,
S'aprochant du Héros le rendit au bonheur.
  LA NATURE avoit mis par un charme in-
    croyable,
L'âme du plus grand homme en une femme ai-
    mable ;
Et lui prodiguant tout, lui donnoit à la fois
Les graces de Venus, & les vertus des Rois ;
Le cœur bon, l'efprit fort, belle, vive &
    touchante,
Ayant tous les talens, fçachant être prudente,
Faite pour gouverner fans jamais le vouloir,
Ignorant l'art affreux d'abufer du pouvoir,
Sincére en un pays où pour être il faut feindre,
Pénétrant les complots, les fuyant fans les
    craindre,
Au mérite ignoré tendant toujours les bras,

Croyant par leurs remords, trop punir les ingrats ;
Citoyenne, & voyant son ami dans son maître,
Elle aimoit ses vertus, & leur servoit peut-être.
Vers le Trône des Rois le vrai monte à pas
    lents,
Le craintif interêt l'arrête à tous instants ;
Le Sujet quel qu'il soit, frémit au mot d'em-
    pire ;
Et l'ami qui sçait plaire, a seul droit de tout dire.
Celle que je dépeins, n'en profitoit jamais,
Que pour le bien du Prince, ou celui des Sujets.
La naïve amitié, la douce confiance
Ces noms presque inconnus à la Toute-Puissance ,
Répandant sous ses pas l'éclat d'un nouveau jour ,
Des goûts & des desirs annonçoient le retour.
    TEL est l'Astre brillant dont le feu nous
    éclaire ,
Lorsqu'un corps ténébreux qui cachoit sa lumiere ,
De son disque effacé dépassant la grandeur ,
Rend aux vœux des mortels le jour & la chaleur ;
La Nature obscurcie attendoit en silence ;
Les Oiseaux ranimés célébrent sa présence ;
La Brute partageoit l'effroy de l'Univers ;
Tout revit, la clarté semble enflâmer les airs :
De même des Plaisirs les graces renaissantes ,
Tenant mille couleurs dans leurs mains agissantes ,
En couvrent les objets , volent de toutes parts ;
Et le Palais du Prince est le temple des Arts.
Je vis fuir la langueur vers ces grottes antiques ,
Et chercher des Donjons les merveilles Go-
    thiques ;
Elle n'aprochoit plus de ces séjours riants ,
Des Plaisirs & du Goût aimables monumens.
    UN Palais enchanté que traça la tendresse ,
Dont les murs embellis inspiroient l'allégresse ,
Où sous des bois épais l'onde par cent détours
En coupant la verdure arrêtoit les amours ,

Où la Grandeur jadis fuyoit la multitude ,
Que l'oubli dès long tems changeoit en solitude ,
Sous ses marbres charmans rapellant la gayté ,
Plut encore à son Maître , & devint habité.
Raprochant en ces lieux l'une & l'autre Hémi-
   sphere ,
Amusant ses regards par leur forme étrangére ,
Des plantes & des fruits y bravant les frimats ,
Des lieux pleins de son nom rassembloient les
   climats.
   POMONE ornant plus loin la croupe sour-
   cilleuse
Du bord trop escarpé d'une rive orgueilleuse ,
Sembloit par des Jardins vouloir conduire aux
   Cieux ;
Elle ornoit un séjour construit pour plaire aux
   yeux ,
Qui faisant dominer sur deux plaines fertiles ,
Y montroit à son Roy la plus belle des Villes ;
Et de cette Cité découvroit la grandeur ,
Pour mieux lui rappeller qu'il faisoit son bonheur.
   MON œil qui triomphoit aisément des dis-
   tances ,
D'un bâtiment moins haut m'offrit les diffé-
   rences ;
Il sembloit imiter les Temples de Paphos ;
Modeste , & solitaire environné d'échos ,
Un vallon sous ses murs couronné par des hêtres ;
Renfermoit dans son sein des cascades champêtres ,
Dont le bruit dans les cœurs portant la volupté ,
Paroissoit inspirer la sensibilité ,
L'onde y formant sans cesse une chute nouvelle ;
Peignoit de l'amitié la puissance éternelle ,
Sa source est dans l'estime , & tarit rarement :
L'eau se trouble toûjours en quittant son pen-
   chant.
Lorsqu'au soleil couché sortant des pâturages

Les Troupeaux en beuglant rapportoient leurs
    laitages,
Qu'en un portique frais où pour Divinité
Un marbre offroit les traits de la simplicité ;
Dans des vases divers cette liqueur rangée,
En des mêts différents alloit être changée :
Dans ce caveau rustique, en ces lieux innocens
Ce Maître des humains passoit quelques instants.

JE LE VIS s'amusant de la simple Nature,
Recueillir des Plaisirs l'offrande la plus pure,
D'autant plus grand alors qu'apperçu de plus près ;
Il plaignoit les travaux de ses moindres Sujets :
De son front imposant la Majesté suprême,
En cédant à son cœur peignoit la bonté même ;
Les Dieux sans regretter l'encens de leurs Autels ;
Jadis pour être heureux se changeoient en mor-
    tels ;
De même adoucissant un éclat redoutable,
Souvent il devenoit un citoyen aimable :
Quiconque par le sort est placé dans les Cieux,
Sans dédaigner la terre, y doit baisser les yeux.

CEPENDANT j'admirois l'objet dont la
    présence
Avoit pu des Plaisirs accroître la puissance :
Plus j'osois l'observer, & plus je croyois voir
Celle qui du bonheur m'enseignoit le pouvoir.
Je voulois pénétrer cet étonnant mystére,
Quand tout fuit, & devint une vapeur légére ;
De la Nymphe aussi-tôt examinant les traits,
Mon œil y reconnut tous les mêmes attraits ;
Et sans le voile épais qui couvroit son visage,
Je n'aurois pu, je crois, en douter davantage.
Mais elle sans répondre alors à mon desir,

    „ Venez, il en est tems, au Temple du Plaisir ;
    „ Mortel, vous allez voir sa demeure éternelle,
    „ Il vous guide, il le veut ; suivez-moi, me dit elle.

Nous

Nous levant à ces mots & sortant du berceau,
Nous parvinmes bien-tôt au sommet du côteau ;
Alors comme l'acier lorsque l'aimant l'attire,
D'un effort ignoré sent accroître l'empire,
Ressent de son foyer d'autant plus les effets,
Qu'attiré vers ce point il en devient plus près :
  A peine aussi du Temple eus-je apperçu
      l'entrée,
Que je fus entraîné sous sa voute sacrée ;
Tout-à-coup satisfait presque sans le prévoir,
J'étois sous ses parvis, sans m'en appercevoir.
Je ne décrirai point sa noble architecture,
Il fut jadis fondé des mains de la Nature ;
Susceptible à nos yeux de tous les-ornemens,
Pour nous plaire il se prête à divers changemens :
Tous ses murs lumineux sur leurs bases mobiles,
A mes moindres désirs sembloient être dociles ;
Et sans s'assujettir aux principes de l'Art,
Solides & mouvants ils changeoient d'un regard.
Les ordres opposés que ce Temple rassemble,
Sans s'y choquer l'un l'autre, en composoient
      l'ensemble,
Le Volute, & l'Acante avec le Chapiteau,
Montroient de leurs beautés l'assemblage nouveau.
Laissant le vain compas à la lente justesse,
Conduisant les crayons de la vive allégresse,
Le goût régloit par-tout ce vaste bâtiment :
Chaque homme à son aspect s'en fût crû l'ha-
      bitant.
Les Mortels rassemblés des deux bouts de la terre,
N'auroient pû lui trouver une forme étrangere ;
L'œil qui l'eût critiqué, par là l'eût embelli :
Le projet s'y formant étoit déja rempli.
Une foule d'enfans dans la premiere enceinte
S'enfuit à notre aproche, & marqua de la
      crainte :
Les uns se raprochant en perdant leur effroy,

Q

Semoient en folâtrant des fleurs autour de moi ;
Les autres plus craintifs échapant à ma vûë,
Se perdant dans le Temple, en montroient l'é-
 tenduë ;
Miniftres de leur pere, organe du Plaifir,
Ils cachoient avec foin le bonheur à venir :
Qui le prévoit trop tôt, peut l'empêcher de
 naître ;
On l'affoiblit toûjours en le voulant connoître.
 LES premiers étoient ceux dont l'empire a
 ceffé,
Qui pour l'inftant préfent rapelloient le paffé ;
Des fiecles dont jadis ils faifoient les délices,
Ils fembloient dans leurs jeux me rendre les pré-
 mices.
Tantôt en retr~~ ~ ~ ~
I ~ ~ ~ açant Rome dans fon berceau :
~ur front ne fembloit ceint que d'un pampre
 nouveau ;
Puis de Mirthe & de rofe environnant leur tête,
De Cefar ou d'Augufte ils célébroient la fête ;
Et fur des lits de pourpre orgueilleux Citoyens,
Vouloient que l'Univers fervît à leurs Feftins.
Le Phalerne vieilli couloit auprès d'Horace
Qui fans craindre l'amour l'enchaînoit au Par-
 naffe ;
Il me fembloit le voir, il répetoit fes vers,
Qu'au Plaifir par fa voix trois Dieux avoient
 offerts :
J'entendois les leçons & les foupirs d'Ovide :
Virgile en la lifant ornoit fon Enéide :
Anacréon plus loin jeune malgré les ans,
S'appuyant fur l'amour, marchoit à pas trem-
 blants ;
Il enfeignoit aux Grecs qu'il n'eft point de
 vieilleffe,
Pour qui ne connoît pas l'accablante trifteffe.
O vous troupe imprudente, aimables infenfés,

Qui nés pour être heureux jamais ne jouïflez ,
Qui toûjours du bonheur fites un Dieu volage !
Nul Plaifir en ces lieux n'emprunta votre image;
Ils n'imitent que ceux qui vivent dans la paix ,
Et dans le Temple enfin je vis peu de Français :
Le bonheur né du trouble aifément fe diffipe ;
Et qui veut être heureux , doit l'être par prin-
   cipe.
    LA NYMPHE en me guidant par de fages
   avis ,
Me faifoit traverfer ces auguftes parvis.
La douce Volupté fille de la tendreffe ,
Qui combat la fierté fans fervir la foibleffe ,
Vers le milieu du Temple établit fon féjour ;
Elle avoit dans fes bras le véritable amour ,
Il prenoit tous fes traits dans les mains de l'eftime ;
Et le cœur qu'il bleffoit n'étoit point fa victime.
La raifon l'éclairant dans le premier moment,
Cédoit bien-tôt après au tendre fentiment ;
L'arrêtant quelques fois avant qu'il ne pût naître ,
Elle cherchoit enfuite à l'avoir pour fon maître.
Sur un gazon modefte étoit la Volupté,
La modération paroiffoit à côté :
Le tendre fouvenir , la timide efpérance ,
Le calme au front ferain qui fait la joüiffance ,
Les foins fans amertume , & les defirs naiffants,
Raffembloïent autour d'eux les ris & les talents.
Cent parfums s'exhalant auprès de la Déeffe ,
Infpirant le repos , en éloignoient l'yvreffe ;
Sans vouloir dominer , ils plaifoient à la fois ,
Ils paroîffoient des jeux me retracer les loix :
L'un l'autre modérant leurs odeurs différentes ,
Répandoient dans les airs des vapeurs tranf-
   parentes ,
Qui fans les épaiffir , fans offufquer les yeux ,
Formoient le pur encens de ces aimables Dieux.

De la belle Sorel (*) l'image enchante-
　reſſe

Revivante en ces lieux, y ſervoit de Prêtreſſe ;
Je vis ſes traits puiſſants dont le charme vain-
　queur
De l'Empire Français rétablit la grandeur ;
Qui diſſipant l'effroy de ces ſiécles funeſtes ,
De nos débris épars ſçut raſſembler les reſtes.
Qui pourroit parmi nous trop vanter ſes appas ?
France , ſans leur pouvoir tu n'exiſterois pas ;
D'un de nos plus grands Rois elle affermit la
　gloire ;
Un autre dans ſes vers célébra ſa mémoire ;
Son amant dans ſon cœur puiſa ſa fermeté :
Un Héros ſans ſecond céde à l'adverſité :
Elle lui fit braver juſqu'aux plus grands obſtacles ;
Et pour le mieux ſervir inventa des miracles.
　Pre's de la Volupté l'encenſoir à la main ,
Je la vis s'étonner concevant mon deſſein ;
Mais ſur mon guide à peine elle eût porté la
　vûë ;
Qu'elle dit , va , Mortel , ton audace eſt prévûë ;
Celle qui te conduit , peut ici plus que moi ,
Suis ſes pas , & le Dieu va ſe montrer à toi ;
A ſa voix , à tes yeux il ſe rendra viſible :
Pour celle qui te guide il n'eſt rien d'impoſſible.
L'Aſtre qu'on voit briller lorſqu'un grand jour
　nous luit ,
Peut bien plus qu'un Flambeau qui nâquit dans
　la nuit.

(*) Agnès Sorel , Maîtreſſe de Charles VII. François
premier fit des Vers pour elle. Ils ſont dans ſaint Gelais.
On dit que ce fut elle qui imagina le miracle de la
Pucelle d'Orleans, & qui par là ſauva la France.

　　　　　　　　　　　　　　　　...Elle

Elle feule a le droit d'entrer au Sanctuaire ;
Elle feule connoît tous les moyens de plaire.
Souviens-toi cependant que dans la volupté,
Il n'eft point de vrais biens fans la tranquillité ;
Si la Loy quelques fois combattant la Nature,
Ofant aller trop loin, femble lui faire injure,
Apprends que la raifon pour arrêter l'Excès,
Immola les Plaifirs par crainte des forfaits ;
Qu'elle aime à fuccomber fouvent fous la ten-
    dreffe,
Et tolere aifément ce qu'on nomma foibleffe.
    LA PRETRESSE fe tut, & j'en crus fes
    confeils ;
La Volupté toûjours en donna de pareils.
Près de fon Trône alors j'apperçus mille iffuës ;
Qui pour s'en éloigner font autant d'avenuës ;
Une feule conduit à l'Autel du Plaifir :
Heureux qui la peut voir & qui la fçait choifir !
Je confultai mon guide, elle tint fa promeffe,
Elle entra, je fuivis ; & je vis la Sageffe.
Son Trône eft un rocher plus fort que les
    Deftins ;
Il me fembla lui voir une clef dans les mains ;
Du dernier Sanctuaire elle tenoit l'entrée,
Et pouvoit feule ouvrir cette porte ignorée.
Ses traits loin d'effrayer par leur févérité,
M'infpiroient la douceur & la fécurité :
En repétant les Loix que dicta la Nature,
Elle inftruifoit le doute, & chaffoit l'impofture ;
Facile, inèbranlable, & plaignant les erreurs,
Elle offroit les moyens de vaincre les malheurs.
Ces mots étoient tracés fur fon faint Diadême :
Mortel ; qui que tu fois, ton fort eft en toi-même,
Son front majeftueux fourit en nous voyant ;
La porte alors parut s'ouvrir en un inftant.
Apdercevant ce but vers qui chacun afpire ,
Je gardai ma raifon dans les bras du délire.

R

L'argile & les métaux compofoient cet Autel
Sur qui brûle à jamais un feu pur, éternel,
Qui partageant l'effort de fa flâme attrayante,
Répand dans l'Univers fa chaleur agiffante :
Il me fembloit remplir d'innombrables canaux,
Dont l'effet afsûré rend les hommes égaux ;
Et qui rendant par là le Deftin équitable,
Fait qu'aux yeux du vrai Sage il n'eft plus re-
　　doutable.
　　MON ame fe prêtant aux doux raviffemens,
Se livroit fans rougir à leurs enchantemens ;
Mes fens & mon efprit prenoient un nouvel Etre ;
Ma joye étoit fans trouble, & je connus mon
　　maître,
　　　　CELLE dont les leçons, les foins & les
　　bienfaits
Avoient pû jufques là feconder mes projets,
Prévenant les tranfports de ma reconnoiffance,
Me laiffant voir fes traits, me montra fa puif-
　　fance ;
Sur l'Autel auffi-tôt je la vis s'élever :
Le charme fut au comble, il alloit s'achever.
Tous les feux du Plaifir s'uniffant autour d'elle,
Jettoient en l'entourant une flâme plus belle ;
Et prenant un éclat qu'avant ils n'avoient pas,
Sembloient en fe pliant éclairer fes appas :
Ils formoient fur fa tête une voute charmante.
Elle me dit ces mots, & remplit mon attente :
　　TU CHERCHOIS le Plaifir, tu le vois,
　　je le fuis :
Je t'ai peint mon rival, tu fçais ce que je puis.
Moi-même j'ai formé celle dont j'ai l'image,
J'emprunte en t'inftruifant mon plus parfait
　　ouvrage ;
Son bonheur fait ma gloire, & mon Temple eft
　　le fien ;
Mes leçons t'ont appris quel étoit le vrai bien.

Fuis l'Excès, crains l'orgueil, adore la tendresse;
Pour être sans défauts, ne sois point sans foi-
    blesse,
Il est des goûts sans crime, & des desirs permis.
Sois utile à l'Etat, ose avoir des amis;
Ne flatte, ni ne hais l'imbécile vulgaire,
Sans le craindre jamais essayant de lui plaire;
Sois toûjours occupé, remplis tous les momens;
Pour les mieux enchaîner, invoque les talens.
Tu peux joüir de tout, que rien ne t'importune;
Laisse agir à son gré l'inconstante Fortune;
Contemple des mortels moins fortunés que toi:
Le malheur n'est qu'un nom qui s'éclipse avec moi.

    PEUT-ETRE le Plaisir en eût dit davantage,
Mais un bonheur plus grand n'étoit pas mon par-
    tage:
Mon songe n'étoit plus, tout alors fut détruit;
Et Morphée en bâillant disparut par le bruit.
La Beauté qui devoit embellir ma retraite,
D'un repos aussi long n'étoit point satisfaite;
Le Dieu qui m'instruisoit, lui parloit à son tour:
Mon sommeil finissant fit place au tendre amour.

F I N.

✻✻✻✻✻✻✻✻✻✻✻✻✻✻✻✻✻✻

ERRATA.

SONGE I.

Page 11. le septiéme Vers & le suivant doivent être après les deux qui suivent, & non pas devant.

Page 17. Vers 21. *nourrit* au lieu de *punit*.

Page 18. Vers 20. *tu joüis* au lieu de *tu joües*.

SONGE II.

Page 24. Vers 26. *en* au lieu d'*ou*.

Page 26. Vers 23. *choc* au lieu de *choix*.

SONGE III.

Page 38. avant-derniere ligne de la Note, *Seine* au lieu de *Reine*.

Page 40. Vers 4. *est toûjours* au lieu de *& toûjours*.

Page 47. Vers 5. *Les Planettes* au lieu de *les Plantes*.

Idem à la Note 2. Vers Anglois *be* au lieu de *he*.

SONGE IV.

Page 53. Vers 10. *leur haleine* au lieu de *leurs haleines*.

Page id. Vers 12. *Préfages* au lieu de *Préfagers*.

Page 54. Vers 29. *par ce* au lieu de *fur ce*.

SONGE V.

Page 70. le Vers qui doit suivre le dernier oublié
  Brûlant fans confumer , fait pour tromper les yeux.

Page 71. Vers 13. *de tout l'orgueil* au lieu *de tout orgueil*.

Page id. Vers 26. *ouragant* au lieu de *oragans*.

Page 74. Vers 27. *& de trop*.

Page 75. Vers 22. *enfante* au lieu d'*enfanta*.

Page 78. Vers 1. *de ces fidels* au lieu *des fidelles*.

SONGE VI.

Page 85. Vers 8. *admiroit* au lieu d'*admire*.

Page 87. le 3. & le 4. Vers doivent être comme il suit.

Qui plus prompt qu'un Peuplier, veut braver les hyvers,
Et formé dans la vafe , a fon front dans les airs.

Page 97. Vers 29. ce Vers doit être ainfi
  Ces mots en traits de feu formoient fon Diadéme.

Page 99. Vers 6. *essaye* au lieu d'*essayant*.

www.ingramcontent.com/pod-product-compliance
Lightning Source LLC
Chambersburg PA
CBHW071118260626
47162CB00006B/2372